지금까지가 아니라 지금부터입니다.
'함께'라는, 그 위대한 힘을 믿어봅니다.
넘어지더라도 굴복하지는 말아요,
다시 일어서는 자는 정말 아름답습니다!

위로와 응원을 함께 담아

나의 희망, _____ 에게

나는
고3이다

나는
고3이다

장동호 지음

대한민국에서
고3을 가장 멋지게
건너는 법

아템포

원고를 받아 읽어보니, 3년 전 고3 시절의 기억이 하나하나 되살아났다. 매일 스케줄러를 '야심차게' 작성해 드리면, 선생님은 재밌지도 않은 그 계획표들을 하나하나 읽어 보시고 우리에게 해주고 싶은 글을 작은 쪽지에 담아 넣어주셨다. 가끔은 짧은 응원 메시지도 함께 적혀 있었다. 스케줄러가 반으로 다시 돌아오면 우리들은 우르르 달려가 선생님이 써주신 글을 수줍게 읽어보고 그에 대한 이야기를 나누었다. 돌아보면 그 일상이 되어버린 선생님의 정성이 우리의 고3 생활을 특별한 시간으로 만들어준 것 같다. 우리가 그것을 읽고, 웃고, 떠든 시간이라고 해봤자 고작 하루 10분 정도밖에 되지 않았지만, 그 사랑이 1년 동안 매일매일 쌓여 예민한 시기의 학급 분위기와 개인의 인격을 선하게 만들어주었다고 이젠 확신하게 된다.

그 쪽지의 힘을 알기에 '고3을, 그리고 인생을 어떻게 살아야 할까?' 고민하는 모든 학생들에게 이 책을 권한다. 이 책은 단순히 고3 수험생활만을 위한 것이 아니다. 인생을 살아가는 데 있어 가장 중요한 것이 무엇인지에 대해 선생님이 삶으로 배운 지혜를 하나하나 전해주고자 하는 마음, 즉 사랑이 담겨 있기 때문이다. 조금 더 욕심을 내본다면 책에 담긴 짧은 메시지들을 천천히 따라가다가 글 너머에 있는 저자 장동호 선생님의 올곧은 삶과도 마주하게 되었으면 하는 바람이다.

_졸업생 이지윤

"좋은 담임선생님 만나게 해주세요."

늦둥이 딸을 학교에 보내며 가장 열심히 했던 기도였는데, 12년 학창 시절 중 가장 힘들다는 고3 때 장동호 선생님을 만난 건 그야말로 '행운'이었다.

장 선생님은 교사의 첫 마음을 잃지 않고 세월이 지나도 변함없이 한결같은 분이자 공부 잘하는 모범생만 예뻐하지 않고 아이들의 있는 모습 그대로를 존중하고 편견 없이 자존감을 세워주는, 이 시대 진정한 교사라고 생각한다.

입시에 지친 아이들을 위해 떡볶이 파티, 삼겹살 파티, 야구 경기 관람 등과 같은 '힐링 이벤트'는 물론이고, 아이들의 상황을 세심히 파악해 쪽지 편지로 위로해주었던 것은 아이뿐만 아니라 나 같은 학부모에게도 큰 감동이었다. 아이들을 진심으로 사랑했기에 가능한 특별한 선물이었다.

현직 고3 담임의 몸으로 책을 낸다는 것이 얼마나 힘든 일인 줄 알기에 이 책의 출간에 두 팔 벌려 힘찬 박수를 보내고 싶다. 이 책이 대한민국의 고3 학생과 예비 수험생, 그리고 학부모에게 꼭 필요한, 치유가 되는 필독서가 되어주길 진심으로 바라며 기쁜 마음으로 추천한다.

_학부모 최인숙

고3, 이제 열아홉 살이 되었을 뿐인데 오직 성적과 대학으로만 평가받아야 한다는 사실에 너무나 서러웠던 기억이 난다. '왜 십대의 마지막을 이렇게 힘들게 보내야 할까'라는 생각으로 시작한 고3 생활이었지만, 장동호 선생님의 개학식 첫 말씀에 나만의 응원군이 생긴 듯해 든든한 기분이 들었다. "나는 너희들이 필요로 할 때마다 이 자리에 있을 거다. 무슨 얘기든 털어놓아도 된다. 난 무슨 일이 있어도 너희들을 응원한다." 교무실의 선생님 옆자리는 비어 있는 날이 없어 '사전예약' 필수였지만, 스케줄러 속 선생님의 작은 쪽지와 선생님과 주고받았던 손편지만으로도 1년을 잘 버텨낼 수 있었다. 수능 234일 전 받은 첫 쪽지부터 수능 7일 전 마지막 쪽지까지, 나를 울리고 웃겼던 소중한 글들이 한 권의 책이 되어 후배 고3들에게 선보이게 된다고 생각하니 벌써부터 가슴이 설렌다. 그리고 내 십대의 마지막을 응원해준 "나는 너를 믿는다"라는 선생님의 말씀과 이 책은 또 다른 출발선 앞에 서 있는 내게도 큰 힘이 되어줄 것이다. 선생님의 쪽지 글의 힘을 직접 느꼈던 한 사람으로서 고3 수험생 여러분께 이 책을 진심으로 권하고 싶다.

_졸업생 허지윤

이 세상에 이처럼 하루를 쉼 없이 마음 졸이고 안달하며 사는 사람이 있을까. 1년을 수험생이라는 상전을 모시고, 입에 맞는 음식과 기분 좋은 하루를 만들기 위해 동분서주하고, 좋은 대학에 보내기 위해 이리 뛰고 저리 뛰며 정보를 모으고, 매일매일 아등바등 애 태우며 살았던 나는 고3 엄마였다.

대한민국에서 고3 엄마로 산다는 것은 고3만큼이나 힘든 일이었다. 그렇기에 나에게도 따뜻한 위로의 말이 필요했다. 하지만 아이들만 할까. 압박감에 더 불안하고, 막막함에 더 외롭고 아픈 것은 우리 아이들이었을 테니 말이다. 이런 아이들에게,

그리고 나 같은 학부모에게도 진심어린 위로와 용기를 선사해 준 멘토가 바로 장동호 선생님이었다.

최고가 아닌 최선을 다하는 삶, 정직한 노력, 외나무가 아니라 숲을 이루며 사는 법, 시련을 극복하는 힘, 주변에 감사하는 삶 등 매일 아침 희망이 되고 사랑이 넘치는 메시지들로 아이들을 위로해주셨다. 나 역시 스케줄러 속 글을 통해 마음을 추스르고 어리석은 욕심을 버리며 고3 엄마로서 가져야 할 자세, 아니 세상을 살아가는 지혜를 배웠다. 그래서 나는 오랜 시간 고3 학생들과 부대끼며 소통해온 장 선생님의 경험과 생각들이 책으로 만들어져 세상에 나오기를 고대했다. 이 책이 수많은 수험생과 부모들에게 컴컴한 터널 속 빛이 되어주고 마음을 위로하는 노래가 되어줄 것을 확신한다. 대한민국에서 고3으로, 수험생 부모로 사는 모두에게 이 책을 권하고 싶다.

_학부모 윤미영

첫 마음으로
희망을

"선생님, 너무 힘이 드네요. 남학생들하고는 차원이 달라요."

처음으로 여학교 교단에 선 교사가 어쩔 수 없이 겪게 되는 진통인 걸까. 학기 초인데도 몸과 마음이 지쳐만 갔다. 전에 몸담았던 학교의 선생님과 통화하면서 나도 모르게 하소연이 터져나왔다. 하지만 이내 정신을 차리고 학생들 입장에서 생각해보았다.

'아이들도 나처럼 힘들어하고 있을까? 그래, 나 혼자만 힘든 게 아닐 거야. 아마 아이들도 나로 인해, 나 못지않게 힘들지도 몰라.'

이런저런 생각 끝에 나는 일을 벌이기로 결심을 했다. 바로 가정방문!

'내 아이들'을 위해서라면 무엇이든 다 하겠다고 마음먹지 않았던가. 교육적으로 매우 긍정적인 효과가 있음에도 불구하고,

촌지나 선물 같은 문제 때문에 자취를 감추었던 가정방문을 하기로 결심했다. 그것이 가져다 줄 의미와 가치를 생각하니 지쳐 있던 마음에 용기가 생겼다.

"다음 주부터 너희들 집을 찾아가서 부모님을 뵐 예정이다."

"네? 뭐라고요? 집에 오신다구요?"

가정방문을 실시한다는 담임의 말에 아이들은 기겁을 했다. 말도 안 된다며 소리를 지르고 아우성이었다. 자신의 집을 낯선 이에게 공개한다는 것은 말할 것도 없고, 담임선생이 부모님을 면담한다는 것 자체가 부담스러운 것은 어쩌면 당연한 일이었는지도 모른다.

"너희들을 조금 더 이해하고 싶어서다. 그리고 또 하나 이유가 있다면, 너희들 한 사람 한 사람이 가정에서 얼마나 귀한 자녀인가를 선생님이 느끼고 싶어서다. 그 느낌을 마음 깊숙한 곳에 담아 와서 나 또한 너희들을 귀하게 대접하고 싶구나. 다만 식사는 물론 간단한 다과도 받지 않을 거니까 너무 부정적으로 생각하지 않으면 좋겠다. 오히려 담임과 좀 더 친밀감을 형성할 수 있는 좋은 계기로 삼아주기를 바란다."

제일 먼저 학생들을 이해시키는 것이 중요하다고 생각했기에 진심을 담아 차분하게 뜻을 전달했다. 그제야 아이들의 표정이 조금씩 펴지기 시작했다.

"언제 오시는데요?"

"오셔서 뭐하시는데요?"

"저희들도 있어야 하나요?"

학교생활 12년째지만 담임선생이 집에 찾아오는 것은 처음이라 다들 궁금한 것투성이다.

다음은 학부모님들께 이해를 구할 차례다. 정성스레 가정통신문을 작성하여 아이들 손에 들려 보낸 그날 밤, 어떤 반응이 올지 궁금해 잠을 설치기까지 했다.

일주일간의 준비 기간을 보내고 드디어 가정방문을 실시했다. 하루에 5~6명 정도의 가정을 방문하는 일정이었다. 미리 부탁드렸기 때문에 차려놓으신 다과에 일절 손을 대지 않았다. 배가 고프고 지쳤지만, 그 어떠한 대접도 받지 않겠다고 한 약속을 지키려고 노력했다. 가정방문의 본래 취지를 방해하는 모든 것을 차단하고자 했던 나름의 몸부림이었다. 하지만 정말 견딜 수 없는 냄새로 주린 배를 움켜쥐게 했던 음식들은 다음날 학교로 '배달'되었다. 내 고집이 결국 부모님들을 더 성가시게 했는지도 모를 일이었다.

"선생님, 너무 그러지 않으셔도 돼요!"

"너무 매정하세요. 그것도 예의가 아닌 거 같아요!"

생각해보니 그랬다. 불필요한 잡음을 없애기 위한 원칙이었지만, 우리네 정서에 맞지 않는 야박한 행동이었는지도 모른다. 그 다음부터는 정성을 생각해 조금씩 먹으면서 학부모와 대화를 나눌 수 있었다. 부모님들과의 대화는 밤 10시까지 이어지기도 했고, 심지어는 11시를 넘기는 날도 있었다.

부모님들은 어린 시절 집에 오셨던 선생님이 생각난다며 좋아해주셨다. 가정의 크고 작은 문제와 이런저런 이야기를 들려주시는 분도 계셨다. 나는 내가 맡은 소중한 학생들의 방을 둘러보았다. 그리고 어린 시절 찍은 사진을 보면서 옛날에 있었던 일들, 그때의 성격과 관심사 등을 자연스럽게 들을 수 있었다. 그 누구도 소중하지 않은 사람은 없었다. 모두 다 귀하고 귀한 우리의 아이들이었다.

2주에 걸친 가정방문이 끝났다. 그동안 내성적이었던 녀석이 장난을 걸어왔다. 집에 와주셔서 정말 감사했다는 메모를 건네는 아이도 있었다. 가정방문한다는 우리 반 아이들 얘기에 코웃음을 치던 다른 반 친구들이 부러운 눈으로 바라보기까지 했다.

가정방문 '후유증'인가. 아이들 한 명 한 명이 어찌나 귀해 보이는지…. 아이들을 보면 부모님과 나누었던 얘기가 생각났다. 그들을 자신의 생명보다 귀하게 키워왔던 부모님 얼굴이 떠올랐다. 그래서인지 그동안 흉내만 내던 아이들을 위한 기도를 조금 더 구체적으로 할 수 있게 됐다. '후유증'이지만 아프지 않고 가슴이 벅차오른다.

이제 내 삶은 부담과 피로감으로 뒤덮일지도 모른다. 부모님들이 나를 좋은 교사로 보고 있기 때문이다. 그렇지 않은 사람을 그렇게 보고 있는 시선 앞에서 그런 척 하는 것은 보통 힘든 일이 아니다. 이제 나는 좋은 교사인 양 흉내를 내며 살아야 할 듯싶다. 그래도 행복하다. 더없이 감사하다. 끝까지 해낼 것이다.

'이 땅의 희망들'이 내 옆에 이렇게나 많이 있기 때문이다.

그들이 내게는 힘들어도 다시 '첫 마음' 붙들고 일어나야 할 삶의 이유가 되었기 때문이다.

그래서 오늘도 난 '나의 희망들'에게 편지를 쓴다.

저자 일러두기

이 책은 제가 지난 10년간 고3 담임을 해오면서 반 아이들과 나누었던 작은 쪽지들을 모아 재구성한 결과물입니다. 지난 쪽지들을 다시 보니 세월의 흔적도 있고, 또한 저와 반 아이들 간의 특수한 환경에서 나온 결과물이라 보편적이지 않은 것들도 꽤나 있었습니다. 그래서 모든 고3 수험생들에게 도움이 될 수 있도록 새롭게 다듬어 재구성 작업을 했습니다. 물론 대한민국의 고3이라는 특수한 상황에도 부합하기 위해 노력했습니다. 현실에 뿌리박은 고3 담임으로서, 그들의 인생 선배로서 우리의 입시현실을 외면하지 않으면서도 우리가 추구하고 간직해야 할 소중한 가치관들을 전하기 위해 힘을 다했습니다. 아무쪼록 대한민국에서 고3으로 살아가는 우리 모든 학생들에게 이 작은 책이 위로와 격려가 되었으면 하는 간절한 바람을 가져봅니다.

"대한민국 고3 여러분, 파이팅입니다!"

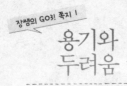

용기와
두려움

고3이 되면 주변 사람들로부터 용기를 내라는 말을 많이 듣게 된다. 그렇다면 용기란 뭘까? 내가 생각하는 용기란, 두렵다는 것을 알지만 그 두려움에 굴복하지 않는 것이다. 내가 과연 잘 할 수 있을까 하는 걱정과 두려움이 생겼다고 해서 겁먹거나 떨지 말자. 두려움이 클수록 더 굳세어지는 사람이 진정으로 용기 있는 사람인 거다. 두려운 상황에서 오히려 한걸음 더 나아가는 용기를 낼 수 있다면, 그것이야말로 우리가 할 수 있는 최선이다.

용기는 우리가 두려움을 느낄 때 비로소 발휘할 수 있는 것이다. 따라서 도전해야 할 무언가가 있다면 어느 정도의 긴장과 두려움이 필요하다. 그래야 스스로 극복할 수 있는 용기를 낼 수 있다는 사실을 우리 모두 잊지 말자.

너희들 선배 중 한 친구가 내게 이런 말을 하더라.

"고3처럼 공부하면 실패하고, 재수생처럼 공부해야 목표하는 대학을 갈 수 있다."

재수생만큼의 절실함과 긴장감이 필요하다는 뜻이겠지? 의미 있는 말인 것 같아 적어본다. 모두가 귀담아 들었으면 좋겠구나.

하루하루 일상 속에서 너희들에게 들려주고 싶은 이야기들을 글로 전하려고 한다. 매일같이 하자면 이것도 쉬운 일은 아니겠지만, 단 몇 명만이라도 이 글을 통해서 무언가를 느끼고 고3을 멋지게 건너가는 데 조금이나마 도움이 되기를 바라면서 컴퓨터 자판을 두드려본다. 물론 내 글에 대한 반응과 판단은 너희들의 몫이라고 생각한다. 왜? 너희는 이미 다 커버렸으니까. 오늘보다는 내일이, 내일보다는 모레가 더욱 빛나기를 진심으로 바란다!

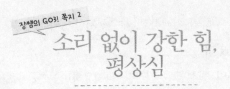

소리 없이 강한 힘,
평상심

지난 수개월간 올림픽에서 금메달을 따야 한다는 압박감이 김연아에게는 전혀 느껴지지 않았다. 그녀가 마침내 감동적인 금메달의 연기를 보여주었다. (…) 연기를 마치고 수없이 쏟아지는 꽃과 인형의 세례 속에 김연아는 참았던 눈물을 흘렸다.

2010년 동계올림픽이 끝난 후 권위 있는 미국의 일간지 〈뉴욕타임스〉에 실린 기사 내용이다. 당시 라이벌이었던 아사다 마오와 김연아의 가장 큰 차이점은 기술적인 부분도 있었겠지만, '평상심'을 유지하는 데 있었다고 나는 생각한다.

'평상심'이란 일상적인 평소의 마음으로, 눈앞의 위기나 어려움에도 불안해 하지 않고 불평하지 않고 흔들리지 않는, 자신만의 중심을 지닌 상태를 말한다. 말이 쉽지, 나보다 잘하는 선수의 모습을 바로 눈앞에서 보면서 평상심을 유지한다는 것 자체가 얼마나 힘든 일일까? 하지만 그것 또한 수많은 연습을 통해서 길러졌다는 걸 누구도 부인하지 못할 것이다.

우리도 마찬가지다. 이제 며칠 후면 첫 번째 모의고사를 치르게 된다. 주변 사람들의 이러쿵저러쿵 하는 얘기들 때문에 벌써부터 힘들어하는 친구가 있는 것 같다. 너무 귀담아 들을 필요 없다. 생각보다 점수가 잘 나올 수도 있고, 혹은 생각만큼 안 나올 수도 있다. 중요한 것은 평상심을 유지한 채 다가올 여러 번의 시험들을 치르며 올 한 해를 끝까지 잘 마칠 수 있어야 한다는 것이다.

잊지 말자. 지금 우리에게 중요한 것은 11월에 실시되는 수능이라는 것을. 연습 과정 속에서 너무 만족하지도 말고, 너무 기죽지도 말자. 고3이 되면서 가졌던 첫 마음을 잃지 말자. 1년이라는 짧다면 짧고 길다면 긴 시간 속에서 늘 희망을 품은 채 순간순간 열정을 다해 임한다면, 11월 수능을 마치며 교문을 나설 때 우리 모두가 김연아 선수와 같은 기쁨의 눈물을 흘리게 될 거라 확신한다. 모두 힘내자!

오프라 윈프리의
4가지 사명

미국에서, 아니 전 세계적으로 가장 영향력 있는 여성을 꼽자면, 누구보다도 먼저 오프라 윈프리를 꼽을 수 있을 것 같다.

오프라 윈프리는 100킬로그램의 뚱뚱한 몸매의 흑인으로, 미국인들에게 사랑받는 프로그램인 '오프라 윈프리 쇼'를 진행하는 방송인이다. 그녀의 입김은 상상을 초월한다. 오프라 윈프리가 가난한 보육원을 방문해 그곳에 도움이 필요하다고 10초만 이야기하면 다음날 수십 억의 기부금이 들어오고, 그녀가 잠깐이라도 언급하는 책은 순식간에 베스트셀러가 된다. 그래서 '출판업계의 마이다스'로 불리기도 한다.

'오프라 윈프리 쇼'에서 그녀는 특유의 솔직하고 친근한 입담으로 열정과 꿈을 가지고 삶을 진실성 있게 산다면 다른 모든 것들은 저절로 따라온다는 인생관을 우리에게 전해주고 있다. 그녀의 이러한 메시지는 수많은 사람들을 감동시키며, 전 세계적으로 '오프라 현상'을 일으키고 있다.

그런데 아는 친구들도 있겠지만, 그녀의 인생은 순탄치 않았다. 빈민가의 흑인 사생아로 태어나, 아홉 살 때 사촌오빠에게 강간을 당했고, 열네 살 때 미혼모가 되었으며, 마약 복용으로 수감되기도 했다. 그녀는 가난과 아픔 속에서 자랐지만, 성경을 통해 자신의 삶이 달라졌다고 말한다. 오프라 윈프리는 자신의 롤모델을 성경 속 인물인 '모세'에게서 찾았다. 핍박받는 유대인으로 태어났지만 이집트 왕궁에서 자랐고, 하나의 사건을 통해 유대인을 구해내라는 사명을 받아들이고 실천한 모세처럼, 그녀는 "과거가 미래를 결정짓는 결정적인 요소가 될 수 없다"라고 말하면서 자신에게 다가온 모든 것을 사명으로 받아들였고, 이 사명감이 오늘의 그녀를 만들었다.

오프라 윈프리는 자신의 인생철학을 다음 네 가지 사명으로 요약하고 있다.

첫째, 남보다 더 가졌다는 것은 축복이 아니라 사명이다.

둘째, 남보다 아파하는 것이 있다면 그것은 고통이 아니라 사명이다.

셋째, 남보다 설레는 꿈이 있다면 그것은 망상이 아니라 사명이다.

넷째, 남보다 부담되는 어떤 것이 있다면 그것은 짐(문제)이 아니라 사명이다.

올 한 해, 분명 많이 지치고 힘들겠지만 이 힘든 시기를 '피하고 싶은 고통'이 아닌 '피할 수 없는 사명'이라고 생각해보면 어떨까 싶다. 그래서 좀 더 적극적인 자세로 스스로를 위로하고 격려하며 힘을 내주길, 그래서 너희들 또한 영향력 있는 사람으로, 마음이 따뜻한 사람으로 성장해주길 진심으로 바란다.

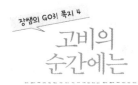

고비의
순간에는

무슨 일을 하든 간에, 누구나 한번쯤 경험하는 것 중에 하나가 '고비'가 아닐까 싶다. 사전을 찾아보면, 고비를 일이 되어가는 과정에서 가장 중요한 단계나 대목이라고 설명한다. 또 고비와 비슷한 말로는 위기와 절정이 있다. 이처럼 고비는 일의 진행 과정에서 가장 중요한 순간, 다시 말해 그 일의 결과가 성공으로 가느냐 실패로 가느냐를 결정하는, 이야기로 치면 기승전결 중 절정에 해당하는 순간이라고 생각한다.

그런데 우리는 고비를 일에 있어 가장 힘든 순간, 즉 부정적인 의미로만 생각하는 경우가 많은 것 같다. 고비를 넘고 있는 순간은 몸도 마음도 괴롭기 때문이다. 하지만 다시 생각해보면, 고비는 어떻게 해서든 그 시기를 넘어서야지만 자신이 하고 있는 일의 결과를 알 수 있다는 점에서 중요하다. 고비의 문 앞에서 돌아서버린다면, 끝까지 아무런 결과도 소득도 얻지 못한 채 지금까지의 모든 노력이 사라져버리게 되는 것이다.

나 또한(그리 오래 살지는 않았지만 돌아보면) 순간순간 많은 고비가 있었던 것 같다. 벼랑 아래로 떨어질 듯한 기분이 든 적도 있었고, 해내고야 말겠다는 뜨거운 투지를 느꼈던 적도 있었다. 그때마다 나는 이런 생각을 하려고 애썼다.

'이 고비를 넘고 나면, 이 고생을 끝내고 나면, 이 과정이 지나고 나면, 사람들을 울리고 웃길 이야깃거리가 또 많이 나오겠구나. 이게 다 나 자신이며 내 능력의 토양이 되어줄 거다.'

새로운 이야기를 만드는 작가들이 가장 공들이는 부분이 바로 그 이야기의 절정 부분이다. 이 부분을 얼마나 풍성하게 하느냐에 따라 전체 스토리의 성패가 나뉜다. 지금 겪고 있는 너희들의 이 고비가 너희 인생에 어떠한 스토리를 선물하게 될지 기대되지 않는가? 고비가 주는 힘든 순간에도 항상 희망을 놓지 않아야 할 이유가 여기에 있다.

열아홉 살의
진정한 힘

너희들 나이가 열아홉, 간혹 열여덟도 있겠다. 아마도 너희들보다 나이가 훨씬 많은 어른들은 예외 없이 이렇게 얘기할 거다.

"만약에 내 나이가 다시 열아홉으로 돌아간다면 정말 못 할 것이 하나도 없을 것 같다."

지금 너희들이 들으면 어이없을지도 모르겠다. 하지만 이 말은 세월이 지나고 나서야 비로소 알 수 있게 되는 진리 중에 하나가 아닐까 싶다.

열아홉 살이면 정말 못 해낼 것이 없는 나이다. 아무것도 없어도 무엇이든 할 수 있을 것만 같은 나이, 주변 사람 눈치 보지 않고 소신껏 밀어붙일 수 있는 나이, 중간에 그만두더라도 그것이 실패가 아닌 또 다른 기회가 될 수 있는 나이가 바로 열아홉이다. 다만 이 모든 것은 삶에 대한 뚜렷한 목적의식과 꿈에 대한 구체적인 비전이 있을 때라야 가능하다. 목적이나 목표도 없이 이것저것 아무 일에나 생각 없이 덤비는 것은 어리석은 일일 테니 말이다.

새로운 일을 해낼 수 있는 사람은 그 분야에서 지식과 경험이 많은 전문가가 아니라 도전하려는 강한 의지를 가진 사람이라는 글을 어디선가 본 적이 있다. 점수가 높지 않다고, 아는 것이 많지 않다고 실망하거나 주저앉지 마라. 오히려 틀에 얽매이지 않는 자유로운 발상과 의욕이 충만하다면 새로운 일에 도전할 자격이 충분하다.

운전면허증을 갖고 있어도 오랫동안 쓰지 않으면 '장롱 면허증'이 돼버리고 말고, 날개가 있어도 사용하지 않으면 오리처럼 날지 못하게 된다.
_'고도원의 아침편지' 중

10대의 끝자락에 서 있는 그대들이여! 타성에 젖어 의욕을 잃은 채 하루하루를 보내게 된다면, 정말 무기력한 10대의 마지막이 될 수 있음을 잊지 말았으면 한다.

자, 또 하루가 시작되었다. 20대의 문은 열정과 의욕을 가지고 오늘 하루를 살아내는 자에게 활짝 열리리라!

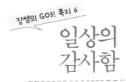

일상의
감사함

밤새도록 꿈에 시달렸다. 꿈속에서 나는 처형을 하루 남겨둔 사형수였는데, 죽기 전 마지막 특식이라면서 좋아하는 삼겹살이 나왔다. 이런 꿈을 꾼 것은 아마도 어제 보았던 2주간의 시한부 인생을 살아가는 아이에 대한 영상 때문인가 보다.

새벽녘까지 너무나도 생생했던 이 꿈에 시달리다 결국 늦잠까지 자버렸다. 꿈속이었지만, 나의 삶이 하루만 남아 있다는 사실이 너무나 생생하게 느껴져 정말 많이 슬펐다. 물론 무서운 마음도 있었지만 사랑하는 사람들을 더 이상 보지 못한다는 것은 큰 슬픔으로 다가왔다. 가족, 친구, 선후배, 동료, 그리고 제자들…. 보고 싶으면 언제든 볼 수 있었던 사람들이었는데, 이제는 이들을 남겨두고 다시 못 올 길을 떠나야 하고, 또 이들의 기억 속에서 내가 사라진다고 생각하니 정말 눈물이 나더라.

그 순간에 아내의 목소리가 들려왔다.

"7시인데 학교 안 가?"

늘 듣던 목소리였는데 그 순간 어쩌나 반갑던지. 계속 울려대는 알람소리가 들리지 않을 만큼 꿈속에서 힘들었나 보다.

하루의 시작이 늦으면 하루 종일 분주하고 바쁘기 마련인데, 오늘은 모든 것이 새롭고 감사하게 느껴져 오히려 그 일상을 천천히 즐겼다. '오늘은 어제 죽은 이가 그토록 그리던 내일이었다'는 말이 새삼 마음에 다가오는 하루다. 또한 지금 내 옆에 있는 이들의 존재에 감사하며 더 열심히 하루하루 살아야 함을 배우게 되는 월요일 아침이다.

인복

고3 담임을 하다보면 수능과 동시에 한 해가 마무리된다고 생각해서인지 시간이 참 빨리 지나간다. 그만큼 빨리 늙고 있다는 걸까?

18년째 담임을 하면서 느낀 것은 매년 아이들은 바뀌지만, 어느 교실에서나 아이들의 성향은 비슷하다는 것이다. 같은 이야기를 500만 번 해도 말하는 사람을 무색하게 만드는 재주가 있는 악동들도 있고, 이런저런 담임의 시시껄렁한 이야기에도 늘 보석 같은 눈망울로 반응하며 들어주는 천사들도 있다. 그리고 누군지 모르지만, 자신을 숨긴 채 기쁨을 나눠주는 녀석들도 꼭 있다. 남자고등학교에 있을 때는 '1004'라는 이름으로 무선호출기('삐삐'라고 알랑가 몰라!)에 음악을 녹음해주던 녀석들이 있었다. 그때는 그런 것들이 유행이었다.

여기에 와서도 담임에게 용기를 주는 '1004'들을 보게 된다.

올해도 내가 지쳐 있다 싶으면 위로와 격려의 문자와 포스트잇 메모를 건네주는 친구들이 있다. 정작 힘을 얻어야 할 사람은 본인들인데, 오히려 다른 사람을 챙기는 천사들이 있는 것이다. 내 역할을 제대로 하지 못하고 있다는 생각에 미안하지만, 담임으로서 얼마나 큰 힘과 위로가 되는지 모른다. 며칠 전에도 운동을 하고 교무실로 들어오니 책상 위에 초콜릿이 있었다. 누가 놓고 갔는지도 모른 채 정말 맛있게 먹었다.

그러고 보면 나는 참 복 받은 사람이다. 사랑의 문자를 보내주는 녀석들도 있고, 휴지 몇 장 썼다고 티슈를 한 통 사오는 녀석도 있고, 커피 하나 가져가고 그 몇십 배를 가져오는 녀석도 있고, 자기들 먹을 것도 부족할 텐데 이것저것 먹을 것을 나눠주는 녀석들도 있고(이건 어쩌면 내가 너무 뚫어지게 쳐다봐서 그런지도 모르겠다), 그리고 정말 고맙게도 담임의 잔소리에 금세 웃음으로 다가오는 녀석들도 있다.

지난주 토요일 내가 보낸 문자에 그동안 받아보지 못했던 답장을 20여 개나 받았다. 기적 같은 일이다! 내가 너희들에게 하는 것에 비해서 참 많은 것을 받고 있다고 느낄 때마다 더더욱 너희들을 만났다는 것 자체가 나에게 복이고 행운이라는 생각이 든다. 어디서든, 무엇을 하든 간에 곁에 좋은 사람들이 많다는 것은 큰 축복이다.

군대에 있을 때 고참들에게 얻어맞기도 했지만, 정말 마음 좋았던 고참 한 명 때문에 위로와 큰 힘을 얻어서 군 생활을 잘 마칠 수 있었다. 그때 느꼈다. 나는 참 인복이 많고 복 받은 인생이라고.

너희도 내년이면 20대, 사회에 진출하는 나이다. 어떤 진로가 너희를 기다리고 있을지 알 수 없지만, 어느 곳에서든 좋은 사람들을 만나는 인복 있는 너희들이길 바란다. 아니, 너희들이 주변 사람들에게 천사 같은 존재가 되어 준다면 더더욱 좋겠다. 너희들이 있다는 것만으로도 주변 사람들이 감사해하며, 너희들 덕분에 인복이 있다고 느끼게 된다면, 얼마나 의미 있고 가치 있는 인생일까. 공부를 하는 이유가 바로 의미 있고 가치 있는 인생을 살기 위함이라고 믿기에, 우리 반 모두가 어디서든 누구에게든 꼭 그런 마음을 품게 만드는 인생을 살게 되길 바란다. 나도 그렇게 살기 위해 더욱 노력할 것을 약속한다.

다들 알지 모르겠지만, 나는 교회에 다닌다. 오늘은 새벽 4시 30분에 일어나서 교회에 다녀왔다. 아침형 인간이 아닌 내가 그 시간에 일어난다는 것도 생각해보면 정말 기적이다. 나에게 가장 힘든 새벽 시간을 잠시 포기하며 너희들을 위해 기도한다. 모두들 힘내자!

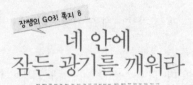

네 안에
잠든 광기를 깨워라

1990년대 내가 대학을 다닐 때 유행했던 노래가 있다.

사랑을 하려거든 목숨 바쳐라. 사랑은 그럴 때 아름다워라. 술
마시고 싶을 때 한 번쯤은 목숨을 내놓고 마셔 보아라.

맞다. 20대라면 목숨을 바쳐 사랑도 해보고 술도 마셔봐야
한다. 무엇인가를 얻기 위해 혹은 무엇인가를 이루기 위해서는
미쳐야 한다. 몰입의 경지에 빠져 자신을 내던져봐야 한다.

수능을 앞두고 있는 열아홉 살이라면 수능 준비에 한번 미
쳐야 하지 않을까? 그래야 각자가 기대하는 그 성과를 이룰 수
있지 않을까? 자신 속에 숨어 있는 '광기'를 끄집어내보자. 독하
고 끈질기게! 이번 한 주도 모두가 공부에 불붙여보자!

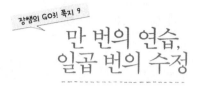

만 번의 연습,
일곱 번의 수정

김연아 선수는 이렇게 말한다. "저는 한 동작을 익히기 위해서
만 번을 연습합니다." '이 세상에 공짜는 없다'라는 말은 진리다.
노벨 문학상 수상작가 조지 버나드 쇼가 열심히 쓴 극본을 읽
어보던 그의 아내가 말했다. "여보, 이거 완전히 쓰레기네요."
그러자 버나드 쇼가 대답했다. "지금은 쓰레기가 맞소. 하지만
일곱 번째 수정원고가 나올 때는 달라질 거요."

_김용욱,《몰입, 이렇게 하라》중

만 번의 연습과 일곱 번의 원고 수정! 그 핵심에 '몰입'이 있
다. 몰입한 자들은 넘어지고 자빠지는 것을 두려워하지 않는다.
또한 고쳐 쓰고 또 고쳐 쓰는 것도 두려워하지 않는다. 왜냐하
면 몰입의 기쁨이 넘어지고 다시 고쳐 쓰는 고통을 넘어서기
때문이다. 또한 몰입의 기쁨으로 고통을 넘어선 자는 김연아 선

수와 조지 버나드 쇼가 이미 맛본 멋진 결과라는 기쁨도 함께 맛보게 될 것이다.

　우리 반 녀석들이 고3이라는 고통의 시간을 몰입이라는 최고의 방법으로 견뎌내 준다면 얼마나 좋을까 하고 기도하는 마음으로 이 글을 읽었다. 고통을 고통스럽게 이겨내는 것보다 이왕 나에게 던져진 고통이라면 그 속에서 의미를 찾고 스스로 동기부여를 해서 몰입이라는 최고의 방법으로 뛰어넘는다면 더 좋지 않을까 하는 바람이다. 다들 '몰입의 화신'들이 되어주기를.

담임이 심한 몸살에 걸렸나 보다. 내가 너희들 대신 '액땜'할 테니 너희는 절대 아프지 마라!

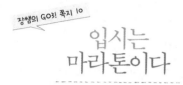

입시는
마라톤이다

매년 5월이면 서울대공원에 가서 마라톤을 했는데, 작년부터는 참석하지 못해서 조금 아쉽다. 내가 제일 싫어하는 운동이 오래 달리는 것이었는데, 몇 번 뛰어보니 마라톤이라는 것이 묘한 매력이 있더라. 다른 스포츠들은 예선부터 시작해서 몇 번의 경기를 치뤄야만 순위가 정해지는데, 마라톤은 단 한 번의 시합으로 순위가 정해지는 유일한 종목이다. 모든 마라토너들은 중요한 단 한 번의 레이스를 위해서 본인의 실력만 믿고 무작정 뛰는 것이 아니라 전략을 세워 레이스를 펼친다. 바로 이 부분이 프로와 아마추어를 가르는 지점일 것이다.

내가 처음 6킬로미터를 뛸 때에는 처음부터 으라차차 힘을 내서 전력질주하며 뛰었지만, 얼마 못 가서 헐떡대며 뒤처지기 시작했다. 아마추어였던 것이다. 그런데 몇 번 뛰어보니깐 처음에는 어느 정도의 힘으로 뛰어야 되는지 알게 되고, 조금 더 가면 나올 오르막길을 마음속으로 미리 대비한다든지, 이 코너를 돌면 물을 마실 수 있는 곳이 있으니 여기에서는 조금만 더 힘을 내자는 마음을 가지고 뛴다든지 하니깐, 그냥 뛸 때와는 비교할 수 없는 좋은 결과가 나오기 시작했다. 이렇게 전략을 가지고 뛰는 것이 프로일 것이다(물론 나야 그저 흉내 내는 것에 불과하겠지만).

우리가 지금 보내고 있는 수험생활도 마라톤과 비슷하다는 생각이 든다. 출발은 했지만 절대 끝나지 않을 것 같은 시간들이 그렇고, 단 한 번의 수험생활과 단 한 번의 수능으로 대학이 결정된다는 것도 그렇다. 그리고 무조건 열심히만 뛴다고 해서 좋은 결과를 기대할 수 없기에 전략이 필요하다는 것 역시 마찬가지다. 입시는 정말 마라톤과 닮았다.

사는 대로 생각하지 말고 생각하는 대로 살아가는 것이 중요하다는 말은 마라톤을 뛸 때도 해당된다. 그렇게 하지 않으면 실패할 가능성이 매우 크기 때문이다. 그래서 계획하고 그 계획을 실천하기 위해 처절하게 노력하는 것이 정말 필요하고 중요한 것이다.

사람마다 목표치가 다르기에 계획과 전략이 다 같을 수는 없지만, 중요한 것은 본인이 세운 계획은 무슨 일이 있어도 반드시 지켜내겠다는 남다른 각오와 마음가짐이다. 그것이 없으면 우리는 분명 전략 따로 계획 따로, 그리고 실제 하는 것 따로가 되어 결국은 본인의 생각과 목표에 도달하지 못할 것이다.

한 가지 더 말하고 싶은 것은, 마라톤 경기에서 중간중간 마실 물을 준비해두지 않는다면 아마 마라토너들은 쓰러지고 말 것이다. 정말 최선을 다하는 것도 중요하지만, 물을 마시며 가끔은 신발을 벗고 먼 하늘을 바라보며 본인을 충전하는 쉼의 시간도 가져야 한다. 그래야만 더 높이 비상할 수 있다. 한 번 뛰는 고3 수험생활! 아직은 초보고 아마추어지만, 시행착오를 최대한 줄이고 좋은 결과가 있도록 함께 노력해보자! 늘 열심히 해줘서 고맙다.

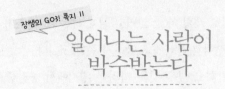

일어나는 사람이
박수받는다

작년에 '붕붕이'를 바꿔야겠다고 생각한 순간부터, 내 눈에는 온통 도로에 다니는 차와 여기저기 주차되어 있는 차만 보였다. 그리고 이제는 스마트폰을 바꾸고 싶다는 마음이 드니까, 사람들이 들고 다니는 스마트폰과 휴대폰 가게의 요란한 광고 문구들만 유난히 눈에 들어온다. 어쩌면 당연한 세상 이치다. 사람은 항상 자기가 보고 싶어 하는 것만 보게 되어 있다.

행복의 모습은 행복한 사람의 눈에만 보이고, 죽음의 모습은 병든 사람의 눈에만 보인다고 한다. 수많은 시험에 치여 살면서도 또 다음 시험을 생각하고 바라봐야 하는 너희들이기에, 지금 우리들의 눈에는 대학이라는 목표가 있기에, 여느 때보다 시험과 대학이라는 것이 남다르게 다가오는 것 같다.

공부를 방해하는 여러 가지 것들, 생각만큼 오르지 않는 그리고 앞으로도 오르지 않을 것만 같은 성적 때문에 많이들 힘들고 지쳐 있는 모습이 보인다. 어쩌면 이러한 시기를 슬럼프라고 할 수 있는데, 슬럼프는 우리를 좌절케 하는 거대한 벽이 아니다. 단지 조금 지루하고 따분하지만 꼭 거쳐야 하는 길이라고 생각하는 것이 좋다. 슬럼프는 하나의 과도기다. 벽이라고 생각해서 멈추지 말고, 그동안 하던 대로 꾸준히 나아간다면 분명 폭발적인 성장이 기다리고 있을 것이다. 인터넷에서 본 짧은 글인데 마음에 와 닿았다.

넘어지지 않고 끝까지 달리는 사람에게 사람들은 박수를 보낸다. 그렇지만 넘어졌다 일어나 다시 달리는 사람에게 사람들은 마음에서 우러나오는 더 큰 박수를 보낸다.

목표를 향해 달려가다 보면 누구에게든 위기가 올 수 있다. 언제든, 너희들이 실수하고 넘어지더라도 너희들 곁에는 마음에서 우러나오는 더 큰 박수를 보내줄 많은 사람들이 있다는 것을 잊지 않기 바란다. 늘 희망을 품고 사는 너희들이기를 바란다.

우리의 첫 마음을 다시 한번 기억하며 또 한번 달려보는 거다! 오늘, 내일, 모레… 아직 많은 시간이 주어져 있을 때, 그 시간들이 의미 있도록 애써보자.

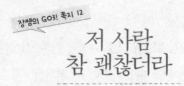

저 사람
참 괜찮더라

올 초부터 "선생님 반 참 괜찮다"라는 말을 여러 번 듣는다. 우리의 '거룩함'을 잘 모르고 하는 말씀들이지만 최고의 평판이자 기분 좋은 소리임에 분명하다!

'저 사람 참 괜찮다'라는 평판은 그 사람을 보며 다른 사람이 하는 것이다. 하지만 실상은 나 스스로가 걸어온 흔적이라고 생각한다. 내가 걸어온 대로 보이고, 내가 남긴 발자국대로 읽힌다. 남이 보든 말든 가장 궂은 일, 가장 작은 일에도 최선을 다하다 보면 자기도 모르는 사이에 '저 사람 괜찮다'는 최고의 평판을 듣게 되는 법이다. 기왕 사는 것, '저 사람 괜찮다'라는 얘기를 듣고 사는 것이 좋지 않을까?

교실 곳곳에 널린 쓰레기를 보자. 그것을 보며 조용히 직접 줍는 사람이 있는가 하면, 누군가 보고 있을 때만 줍는 사람도 있고, 또 어떠한 상황에서도 줍기는커녕 책상 위의 쓰레기들을 아무렇지도 않게 슬쩍 '자유낙하'시키는 사람들도 있다. 너희들 스스로가 판단할 때 어느 경우에 해당할까? 아무도 안 볼 거라 생각하는 곳에서도 누군가는 반드시 보고 있다. 그리고 그런 목격담이 모여 '저 사람 참 괜찮다'라는 소문이 돌게 된다.

"나는 원래 큰일만 하는 사람이야", "그런 작은 일은 아랫사람이 하는 거야"라는 인식은 잘못된 것이다. 성공한 사람들의 공통점 중에 하나가 아무리 작은 일이라도 소홀히 하지 않는 것이라고 한다. 작은 일도 소중히 여기고, 사람을 대할 때도 이해관계를 떠나 한 사람 한 사람 소중하게 생각하는 너희들이었으면 좋겠다. 그래서 지금 마주하고 있는 삶이 어떤 풍경, 어떤 색깔이든지 주변 사람들에게 '참 괜찮은 사람'이란 이야기를 듣게 되었으면 정말 좋겠다.

참 괜찮은 우리 반! 나도 그 말에 공감하며 오늘 하루도 파이팅할 것을 부탁한다!

어제 밤에 먹은 라면 맛은 괜찮았는가? 늦은 밤이어서 조심스레 물어본 건데 라면을 11개나 끓이게 될지는 꿈에도 몰랐다. 왕성한 식욕! 너희들 키 크려나 보다. 종종 먹자!

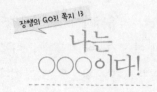

나는
○○○이다!

붕붕이를 바꾸고 나서 처음 보는 차의 기능 덕분에 요즘 소소한 재미를 누리고 있다. 그중에 블루투스를 이용해서 유튜브에 있는 노래를 듣는 것이 이제는 일상이 되어버렸다. 언제 내 붕붕이를 탈 일이 있으면 좋은 음질의 음악을 선물하겠다!

요즘은 예전에 방영한 '나는 가수다'라는 프로그램에 나온 노래들을 즐겨 듣는다. 임재범, 김연우, BMK, 이소라, 박정현, 김범수, 윤도현…. 대한민국의 내로라하는 가수들의 경연장이었던 그 프로그램을 참 즐겨 봤는데, 혹시 너희도 기억이 나니? 그것 봐라. 우린 같은 세대라니까!

그 프로그램에서 흥미로웠던 것은, 노래를 부르는 가수들을 비롯해 노래를 듣는 관객들이 눈물을 흘리는 장면이 제법 많이 화면에 잡혔다는 것이다. 처음에는 그런 장면들을 이해할 수 없었는데, 방송이 거듭될수록 나 역시 찐한 감동 때문에 심장이 몇 번이나 쿵쾅쿵쾅 댔다. 또 가수의 노래가 끝나자 사람들이 모두 일어나 박수를 보내는 장면도 많았다. 무엇이 사람들을 다 일으켜 세우고 눈물을 흘리게 했을까 생각해보면 두말할 것 없이 노래를 부른 가수들의 진정성 때문이었을 것이다. 그 진정성이 사람을 울리게 하고 찬사를 보내도록 한 것이다.

조선시대 기생이었던 황진이는 가야금 하나로 사람들을 배꼽 잡게도 만들고 그 자리에서 엉엉 울게도 했다고 한다. 그와 비슷한 감정을 느끼게 해주었던 프로그램이 '나는 가수다'였던 것 같다. 가수가 사람을 울게 한 일이 이전에도 있었던가 싶다. 기계음으로 노래하는 가수가 아닌 온몸으로 열정을 다해 뜨거운 무대를 만드는 가수를 향해서만 사람들은 환호하고 함께 눈물 흘리며 기립 박수를 보낼 수 있을 것이다.

'나는 ○○○이다.' 우리는 ○○○에 어떤 단어를 넣을 수 있을까. 나에게는 ○○○에 들어갈 말이 참 많다. 큰아들, 세 아이의 아버지, 남편, 선생님, 그리고 고3 담임까지. 그리고 그 '○○○'에 부끄럽지 않은, 뜨겁고 진정성 있는 삶을 위해 내가 지금 할 수 있는 일이 무엇일지 고민해본다.

너희들은 '나는 ○○○이다'에 어떤 말을 붙여볼래? 자기만의 단어를 붙였다면 그 단어에 부끄럽지 않게 살기를 바란다. 그것이 사람이 사람냄새 나며 행복한 삶을 살아가는 데 대한 답이 될 것이다. 또한 그렇게만 살 수 있다면 훗날 정말 잘살았다고 생각할 수 있을 것 같다. 그리고 우리 모두의 공통 단어인 '나는 고3이다'라는 말이 모두에게 뜨겁게 다가올 수 있도록 올한 해 남은 시간도 정말 후회 없이 달려가보자.

내일 공부 계획서는 반장에게 내주길. 공부 장소, 시간, 어떤 것이어도 좋다. 사는 대로 생각하는 것이 아니라 생각하는 대로 살게 되기 바란다! 반장, 수고해줄 거지?

긍정적인 캐릭터는
매력적이다

2014년 브라질 월드컵 때를 기억하니? 새벽잠 못 이루면서 보았던 그 경기들을 말이다. 그 대회에서 우리나라는 아쉽게도 목표로 했던 결과를 얻지 못했다. 물론 당시 내 마음도 그리 좋지는 않았다. 그런데 더욱 씁쓸했던 것은 고개를 떨구고 죄인처럼 그라운드를 빠져나가는 우리 선수들의 모습 때문이었다. 월드컵이 열리기 며칠 전 열린 가나와의 마지막 평가전에서 4 대 0으로 졌을 때 언론과 국민은 홍명보 감독과 대표팀을 신랄하게 비난했다. 그런데 월드컵의 첫 경기인 러시아전에서 비기자 입장을 180도 바꾸어 열광하는 모습을 보였다. 그때 나는 하루 아침에 마음을 뒤바꾸는 우리나라 국민들의 모습에 우리가 이것밖에 안 되었던가 하는 허무함이 들기도 했다.

우리나라 사람들은 세계적으로 참 보기 드문 독특한 특징을 가지고 있는 것 같다. 가장 대표적인 것 중 하나는 무슨 일이 잘 안 풀릴 때면 꼭 분풀이 대상을 찾는다는 점이다. '잘되면 제 탓, 못되면 조상 탓'이라고 하지만 우린 유독 그게 심한 것 같다. 감독 한 사람, 스트라이커 한 사람에 의해 게임의 승패가 결정되는 것만은 아닐 텐데, 모든 문제의 원인을 한쪽으로 몰아가며 난도질한다. 왜 우리는 경기 자체를 순수하게 즐기지 못할까? 왜 이기지 못하는 것에 분노할까?

우리에게는 30도가 넘는 습하고 뜨거운 그라운드에서 쉴 새 없이 뛴 선수들에게 비록 승리를 하지는 못했어도 고마운 박수를 보낼 수 있는 마음과 함께 즐기는 자세가 필요하다. 또한 나는 너희들 모두가 분풀이 대상을 찾아나서는 슬픈 캐릭터에서 벗어나 그 이면에 담긴 긍정적인 면을 볼 수 있는 이들이 됐으면 하는 바람이다. 이겨도 불만, 져도 불만이 아니라 이기면 기뻐하고, 지면 격려하는 그런 사람이 되면 좋지 않을까? 그런 마음을 품을 수 있을 때, 본인 스스로에 대해서도 긍정적인 시선으로 바라볼 수 있을 것이다. 그래야 비로소 희망을 품고 의미 있고 가치 있는 공부를 할 수 있으리라 생각한다.

어떤 사람들과도 어울려 세상을 함께 살아가는 긍정적인 모습의 너희들을 상상해보자. 조금은 즐거워지지 않니?

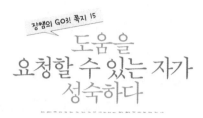

도움을 요청할 수 있는 자가 성숙하다

성공한 삶을 사는 사람들은 다른 사람에게 도움을 청하는 자세가 탁월하다고 한다. 이 부분은 우리 모두가 한번 생각해볼 만한 지점이다.

우리는 저마다 많은 상처와 아픔을 가지고 살아간다. 그것은 나 또한 마찬가지고. 그런데 우리나라 사람들은 자신의 고통과 상처를 다른 사람에게 이야기하는 것에는 서툰 것 같다. 한 조사에 따르면 자신의 아픔과 상처를 누구에게 이야기하며 위로받고 치유받는가 하는 질문에, 혼자 생각하고 시간이 지나가기를 기다린다고 답변한 사람이 가장 많았다고 한다. 주변에 자신의 상처를 위로해주고 함께해주는 사람들이, 그것이 가족이든 친구든 심지어 얼굴 한 번 본 적 없는 온라인상의 지인이든 한 명쯤은 있게 마련이지만, 이러저러한 이유로 우리는 자신의 아픔을 드러내기 어려워한다. 때로는 혼자 속으로 삭이며 기다리는 시간이 약일 수도 있지만, 모든 상황을 그렇게 해결할 수는 없는 노릇이다.

살다 보면, 작은 문제부터 큰 문제까지 우리는 수많은 어려움과 고비를 겪으며 살아간다. 주저앉지도 서지도 걷지도 못하고, 아예 무너져 버릴 수도 있는 위기의 순간을 혼자서 견디어내려 하면 더욱 힘들어지는 법이다. 그때 위기를 극복하는 가장 손쉬운 방법이 누군가에게 도움을 청하는 것이 아닐까? 그것이 문제를 해결하는 가장 현명한 방법이고, 또한 세상을 잘살아가기 위한 삶의 지혜라고 생각한다.

너희들 주변에는 항상 크고 작은 도움을 줄 수 있은 사람들이 많이 있다는 것을 잊지 말았으면 한다. 그래서 모든 짐을 혼자서 지려 하지 말고 누군가에게 한 걸음 더 다가가 도움을 청하는 사람이 되었으면 좋겠다. 고3이라는 쉽지 않은 시간들을 지내면서 힘들다고 느껴질 땐 누군가에게 이야기하고 도움을 청해보자. 그러면 기대 이상으로 큰 힘이 된다는 것을 경험하게 될 거다. 그리고 거기서 더 나아가 다른 누군가가 너희들에게 도움을 청하게 되는 사람이 되면 더 좋을 듯싶다.

1. 늘 이야기하지만, 주말이라는 시간은 우리에게 기회이자 위기다. 입

시가 마무리되고 한 해를 돌아볼 때, 결과와 상관없이 우리 모두가 이렇게 얘기하고 있을지도 모른다. "지금 나의 이 결과는 올 한 해 주말을 그렇게 보냈기 때문에 당연한 결과다!"

2. 모두가 함께 가기 위해서는 각자의 역할을 감당하기 위한 노력이 필요하다. 혼자 있을 때 빛나는 사람보다 함께 할 때 빛나는 사람이 더 멋지지 않을까?

고3 첫 모의고사를
앞두고

내일이면 첫 번째 모의고사를 보게 된다.

지난겨울 내내 힘겹게 공부한 결과를 이번 시험을 통해

확인하고 싶은 마음은 누구나 마찬가지일 거다.

담임으로서도 당연히 좋은 결과로 모두의 기분이 좋아지기를

기대하지만, 한편으로는 걱정도 된다.

물이 몇 도에서 끓는지 모두들 잘 알고 있을 것이다.

60도, 70도, 80도. 이런 온도에서도 물은 끓는다.

대신 물이 상태가 변해 기체가 되려면 100도씨가 돼야 한다.

물의 끓는점과 공부가 무슨 상관이 있는지 알겠니?

공부를 나름 열심히 했다고 생각했는데,

성적이 기대만큼 나오지 않았다면,

현재 자신의 모습이 아직 60도, 70도, 80도일 뿐이라는 의미다.

충분히 끓었다고 생각하고,

충분히 시간이 지났다고 느껴도,

변화가 일어나려면 조금 더 시간이 필요한 거다.

그럴 때마다 여기까지가 내 한계구나 하고 낙담하는 것이 아니라,

아직까지는 내가, 그리고 내 점수가 좋아질 단계가 아니구나,

그러니 조금 더 힘을 내야겠구나

하는 마음을 가졌으면 좋겠다. 작은 생각의 차이가 큰 결과의

차이로 나타난다는 것을 잊지 말길 바란다.

어떤 상황 속에서도 늘 긍정적이고 늘 희망을 발견하는 그대들,

건투를 빈다!

오늘은 다른 때보다 조금 일찍 취침해서 내일 최고의 컨디션으로 시험

을 치르도록 하자. '야자'하는 사람들도 취침 시간을 고려해서 귀가 시

간을 조정해봐라.

"아 유 해피?"

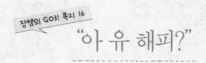

'고도원의 아침편지'를 받아보는 중에 재밌는 얘기가 있어 소개
한다.

인도 여행을 다닐 때 인도인들로부터 가장 많이 듣는 질문이
뭔지 아니? 바로 "아 유 해피?"라고 한다. "행복하니?"라는 질문
을 많이 듣기 때문에 인도를 여행할 때는 꼭 "아즈 함 바후트
쿠스헤!(오늘 난 무척 행복하다)"라는 문장을 외워둬야 한다고 말
할 정도다.

뜻밖에도 '오늘 난 무척 행복하다'라는 문장은 주문처럼 어
떤 힘을 가지고 있다고 한다. 잊어버리지 않기 위해 자꾸만 반
복해서 말하다 보면, 정말로 행복해지는 것을 느끼게 된다는
거다. 신기하지 않니? 우리도 한번 해보자!

"아즈 함 바후트 쿠스헤!"

하루에 한 번씩 자기 자신에게 "난 행복한가?"라고 물어보면 어떨까? 그리고 스스로 "오늘 난 참 행복하다"라고 답하면서 주문을 외우는 거다. 사실 행복한 사람은 행복을 저 먼 어느 곳에서 찾지 않는다. 그들은 매 순간 속에서 행복할 수 있는 이유를 발견해낸다. 나에게 없는 것만 생각하다 보면 우린 평생 불행한 사람일 수밖에 없다. "불행의 원인은 늘 나 자신에게 있다. 몸이 굽으니 그림자도 굽는 것이다. 어떻게 그림자가 굽은 것을 탓할 수 있겠는가"라는 파스칼의 말은 그런 의미에서 생각해볼 만한 가치가 있다. 그림자는 결국 나를 반영하는 것일 테니!

너희들도 알다시피, 나는 이것저것 하는 일이 많다. 그래서 늘 바쁘다. 그런데 시간과 정성을 쏟아야 하는 스케줄러 체크와 좋알좋알 글 쓰는 것을 시작하고야 말았다. 어떻게 감당하려고 시작했는지 나도 잘 모르겠지만, 아마 하루 중에 이 시간이 나에게는 가장 의미 있는 시간이 되리라 기대한다.

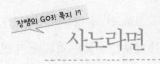

사노라면

내가 중학교 2학년 때니깐, 벌써 얼마나 된 건가! 영어 수업 시간에 교생선생님이 들어오셔서 칠판에 노래 가사를 적어주시며 노래를 가르쳐주셨다. 수업 내용은 기억이 하나도 안 나는데 수업과 관계없는 것들이 오히려 아주 소중한 추억으로 남아 있다. 아마 10년이 지나고 20년이 지나면, 너희들도 고3 때 먹었던 일만 기억날 거다!

그때 교생선생님이 우리에게 알려주셨던 노래는 지금까지도 내가 제일 좋아하는 노래로 남아 있는데, 지금도 힘겨운 일이나 좋지 않은 일이 있을 때 이 노래를 들으며 위로를 받고 기분을 달래곤 한다.

사노라면 언젠가는 밝은 날도 오겠지 / 흐린 날도 날이 새면
해가 뜨지 않더냐 / 새파랗게 젊다는 게 한밑천인데 / 쩨쩨하

게 굴지 말고 가슴을 쫙 펴라 / 내일은 해가 뜬다 내일은 해가
뜬다

진리다. 그저 그런 위로가 아니다. 흐린 날도 날이 새면 해가
뜨는 법이고, 오늘 뜬 해는 시간이 좀 지나면 지는 법이다. 우리
인생도 마찬가지다. 각자의 삶에도 언젠가 해가 뜬다는 사실을
잊지 말며, 기죽지 말고 가슴을 쫙 펴야 한다는 사실을 꼭 기억
들 하시게!

내가 아직 젊듯이 너희도 이제 열아홉이다. 못 할 것 하나도
없는 새파란 열아홉! 새파랗게 젊다는 게 한밑천이다. 오늘도
당당히 날아오르자.

내 책상 위에 있는 모니터에 증명사진을 붙여놓은 녀석들이 있다. 처
음에는 이게 뭐지 싶었는데, 볼수록 친근감이 느껴지고 좋다. 아직
10자리 남았다. 선착순 분양 예정!

생각의 전환이
필요한 때

우리는 소중한 것들을 잃고 나서야 후회를 합니다. 작은 실수 하나씩 모아서 내 인생의 궤도를 다시 수정해나가야 합니다. 남의 흉내가 아닌 진정한 자기 인생의 오늘 하루를 엮어 나갑시다. 오늘 딱 하루라도 잘살도록 생각의 전환이 필요할 때입니다.

어디에선가 본 글인데, 나에게는 이러저런 생각을 하게 만드는 고마운 글이다. 후회하지 않게, 작은 실수들이 모여 감당할 수 없는 큰 실패가 되지 않게, 흉내만 내다 나 자신을 잃어버리지 않게 살려면 어떻게 해야 할까. 반성하는 삶이 우리에게 필요할 것 같다. 그것이 바로 생각의 전환이지 않을까. 사실 걸어온 시간들에 대한 반성과 성찰 없이는 더 나은 내일을 기대하기란 어렵다. 오죽하면 소크라테스가 반성 없는 삶은 가치가 없다고 말했겠는가. 우리가 보내는 이 시간들이 후회로 다가오지 않으려면 오늘을 점검하고 수정할 것이 있다면 과감히 수정해야 한다. 그것이 시간을 낭비하지 않는 지름길이다.

고3! 힘들게 보냈음에도 결국 큰 후회만 남게 된다면 얼마나 가슴 아플까. 이즈음 우리 모두 한번쯤 반성과 자기 점검을 통해 생각의 전환을 해보면 좋을 것 같다.

내일 있을 고기 파티의 의미는 지루한 학교생활 속에서 작은 기쁨을 맛보자는 데 있다. 짧은 시간이지만 소소한 행복을 맛볼 수 있는 시간들이 되길 바란다.

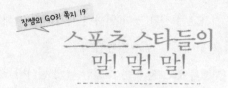

스포츠 스타들의
말! 말! 말!

당신의 생애에 있어 가장 눈부신 날은 흔히 말하는 성공의 날
이 아니라, 비탄과 절망 속에서 생에 대한 도전을 느끼고, 장차
올 성취를 기대하는 날이다.

프랑스의 소설가 플로베르의 말이다.

도전하는 자만이 정복할 수 있고 승리할 수 있다. 신이 주신
선택의 기회들을 그냥 놓쳐서는 안 된다. 지난 과거 문제로 주
저해서도 안 되고 환경을 핑계 대서도 안 된다. 세상의 많은 사
람들은 도전했고 영광을 가슴에 안았다.

그런 점에서 항상 자신의 한계에 도전하고 있는, 세계를 감동
시킨 스포츠 스타들이 들려주는 명언들을 한번쯤 읽어보는 것
도 의미 있는 일이 될 것 같다.

나는 선수 시절 9000번 이상의 슛을 놓쳤다. 300번의 경기에서 졌다. 20여 번은 꼭 경기를 승리로 이끌라는 특별임무를 부여받고도 졌다. 나는 인생에서 실패를 거듭해왔다. 이것이 정확히 내가 성공한 이유다.

열정도 능력이다. 열정이 없다면 성취도 없다. 도전을 사랑할 때 경기를 갈망하게 되고 경기를 갈망하면 연습이 즐거워진다.

_마이클 조던, 농구 선수

고된 훈련 때문에 경기가 쉬웠다. 그게 나의 비결이다. 그래서 나는 승리했다.

_나디아 코마네치, 체조 선수

암이 나의 신념과 집중력을 더욱 강하게 했다.
1퍼센트의 희망만 있다면 나는 달린다.

_랜스 암스트롱, 사이클 선수

어머니는 나에게 아주 일찍부터 이렇게 가르치셨다. 내가 원하는 것은 무엇이든 이룰 수 있다고. 그 첫 번째는 목발 없이도 걸을 수 있다는 것이었다.

_윌마 루돌프, 소아마비를 극복하고 올림픽 3관왕에 오른 육상 선수

나는 최선을 다하려 애썼다. 내일에는 관심이 없고 오로지 오늘 일어나는 일에만 관심이 있다.

_마크 스피츠, 수영 선수

두려움은 당신이 하는 모든 것의 부분이다. 그러나 커다란 위험을 무릅쓴다면 당신은 큰 대가를 얻게 될 것이다.

_그레그 루가니스, 다이빙 선수, 서울올림픽 때 보드에 부딪혀 머리를 다쳤지만 약물 규정 때문에 마취제를 쓰지 않고 상처를 꿰맨 뒤 우승

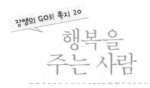

행복을
주는 사람

벌써 한 주가 지나간다. 또 내일이면 토요일이다. 토요일마다 학교에 나와서 자습하는 우리 반 아이들을 본다. 이른 아침부터 자리를 지키며 열심히 하고 있는 모습, 그리고 조금 늦긴 했지만 어떻게든 학교에 나와서 자습하려는 모습을 보면 고맙고 감사하다.

주말을 어떻게 보내느냐가 입시의 결과를 결정한다고 여러 번 이야기했지만, 사실 주말을 잘 보내는 것이 말처럼 그리 쉬운 일이 아니라는 걸 잘 알고 있다. 그래서 그 쉽지 않은 일을 해내야 한다고 말하는 것도 참 미안한 일이다. 정말 마음 같아서는 좋은 날씨에 이곳저곳 다니며 맛있는 것도 먹고 웃고 떠들며 열아홉 살답게 지내라고 하고 싶지만, 입시라는 눈앞의 괴물을 알기에, 그런 것들은 사치고 해서는 안 되는 것이라고 말해야 하는 것이 참 서글프다. 고3 담임을 하면서 가장 힘든 것이 이런 부분인 것 같다. 그래서 미안하다. 하지만 올 한 해는 계속 미안한 얘기를 해야 할 것 같다. 다 너희들 위한다는 말이지만, 내 마음 또한 편치 않다는 것… 알아주길 바란다.

여러 마음이 교차하던 중에 영화 한 편을 보았는데, 기대 이상의 참 좋은 영화였다. 〈파파로티〉. 고등학교 교사와 제자 사이의 실화를 바탕으로 만든 영화다. 남자들끼리 느낄 수 있는 끈끈함을 오랜만에 느끼며 심장이 평소보다 두 배는 빨리 뛰었던 것 같다. 남자학교에 가고 싶다는 생각도 살짝 들더라!

주인공이 부른 '행복을 주는 사람'이라는 노래가 주말 내내 입가에서 떠나질 않을 것 같다. 누군가에게 정말 이런 존재로 살아갈 수 있다면, 그것이 최고의 행복이 아닐까 싶다.

내가 가는 길이 험하고 멀지라도 그대 함께 간다면 좋겠네 /
우리 가는 길에 아침 햇살 비추면 행복하다고 말해주겠네 / 이
리저리 둘러봐도 제일 좋은 건 그대와 함께 있는 거 / 그대 내
게 행복을 주는 사람 (…)

아무리 싫은
일이라도

아무리 싫은 일이라도 일단 시작하면 자연스레 그 일의 흐름을 타서 차츰 몰입하게 되고, 그러면 어느새 나도 모르게 좋아지게 된다. 남다른 의욕이 있어 시작하는 게 아니고 시작하면 의욕이 생기는 것이다. 이게 신기한 뇌의 기전이다.

정신과 의사이자 베스트셀러 작가인 이시형 박사가 쓴 책 《공부하는 독종이 살아남는다》에 나오는 이 글은 시작의 중요성을 말해준다. 물론 가장 좋은 것은 스스로 좋아하고 즐길 수 있는 일을 시작하는 것일 테다. 하지만 인생을 돌아보건대, 때로는 싫은 일이지만 꼭 필요한 일을 열심히 해야 할 때가 있다. 그때 마음을 가다듬고 그 일에 몰입하게 되면 어느덧 내가 그 일을 주도하고 그 시간의 주인이 될 만큼 성장해 있음을 발견하게 된다.

세월이 흘러 중년의 나이가 된 많은 사람들이 고백하는 말이 있다. "공부가 가장 쉬웠다"라는 것이다. 그리고 지금 가장 하고 싶은 것이 무엇이냐는 질문에 "더 공부하고 싶다"라는 대답을 주저 없이 건네기도 한다. 이 말은 무엇이 어렵고 쉬운가 하는 문제라기보다는 공부의 필요성을 살아갈수록 실감하게 되었다는 뜻일 게다.

　조금 더 힘을 내자. 어떻게 보내도 흘러가는 시간, 오늘 하루… 한 걸음씩 힘을 내서 걸어가다 보면 언젠가는 우리가 원하는 목적지에 도착할 수 있을 거다. 박사님 조언대로 일단 시작해보는 하루가 되었으면 좋겠다. 시작하면 의욕이 생기고, 그게 바로 신기한 뇌의 기전이란다!

매번 하는 이야기지만, 모의고사는 위기가 아니라 기회라고 생각해야 한다. 본인의 공부 방향이 맞는지, 부족한 부분은 어디인지를 체크할 수 있는 과정 중 하나임을 꼭 기억하고, 크게 낙심하거나 크게 기뻐하지 말자! 대신 틀린 것 하나하나 세심하게 체크해볼 것!

이왕이면
좋은 말 하며 살자

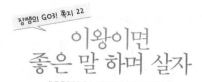

누구에게나 불평이나 불만은 있게 마련이다. 불평不平의 뜻을 사전에서 찾아보면 '마음에 들지 않아 못마땅하며 마음에 차지 아니하거나 그렇게 여기는 것' 또는 '못마땅한 것을 말이나 행동으로 드러내는 것'이라고 나온다. 불만不滿은 물론 '만족스럽지 않다'는 뜻이다.

살아가면서 왜 불평불만이 없겠는가. 그런데 생각해보면 이것들은 대부분 내가 의도한 대로 이루어지지 않았을 때 나타난다. 따라서 불평불만의 근본 원인은 나 자신에게서 찾아야 하는 것이 맞다. 하지만 우리는 흔히 그 불평불만을 말로 나타내거나 표정으로 표현하면서 애써 남의 탓으로 돌리려고 한다. 지금 너희들은 어떤 불평불만을 가지고 있니? 또 그것을 어떻게 해소하고 있니?

나에게 불평과 불만을 터뜨리게 하는 것들이 무엇인지를 잘 찾아봤으면 좋겠다. 만약 그런 것들을 찾았다면, 입 밖으로 먼저 표현하기보다는 가급적 스스로 해결할 수 있는 방법을 찾아보는 것이 순서일 것 같다. 시도 때도 없이 불만을 터뜨리는 사람은 대개 궁색하고 초라해 보인다. 그뿐만이 아니고 잘될 일도 풀리지 않고 어렵게 돌아가는 경우를 많이 봐왔다.

좋은 말, 좋은 표현으로만 살아도 쉽지 않은 세상사인데, 불평불만만 하는 사람에게 정을 주며 다가올 사람이 얼마나 될까? 언젠가《법구경》에서 이런 말을 본 적이 있다.

모든 재앙은 입으로부터 나온다. 그렇기 때문에 함부로 입을 놀리거나 듣기 싫어하는 말을 하지 말라. 맹렬한 불길이 집을 태워버리듯, 말을 조심하지 않으면 결국 그것이 불길이 되어 내 몸을 태우게 된다. 자신의 불행한 운명은 바로 자신의 입에서부터 시작된다. 입은 몸을 치는 도끼요, 몸을 찌르는 날카로운 칼날이다.

너희들이나 나나 오래오래 기억해야 할 말인 거 같다.

다른 시선으로
바라보기

잘 아는 선배의 남편이 암으로 오랜 시간 병상에 누워 있다. 먼 발치에서 보는 마음도 이리 아픈데, 가까운 곳에서 지켜봐야 하는 가족들의 마음은 얼마나 아플까 싶다. 이제는 척추로까지 암이 전이되어 걷는 데도 문제가 생겼다. 몇 걸음 떨어져 있는 곳도 혼자서는 가지 못해서 24시간 한시도 그 곁을 떠날 수 없다고 한다. 그래서 이제는 사람들을 만나 밥을 사 먹고 차를 마시던, 그동안 당연하게 여겼던 일상의 기억들이 꿈같은 이야기로 느껴지고, 더우기 이젠 그런 평범한 일상을 바랄 수조차 없게 되었다는 말에 마음이 더욱 먹먹해졌다.

그 이야기를 듣고 내 일상을 살피게 된다. 아침에 휴대폰의 알람소리에 눈을 뜰 수 있다는 것이 감사하고, 씻고 출근할 수 있는 학교가 있다는 것이 감사하다. 학교에 오면 나의 책상이 있고 우리 반 녀석들이 있다는 사실이 감사하고, 부족한 실력이지만 내가 수업을 할 수 있는 시간과 공간이 있다는 것이 얼마나 감사한지 모르겠다. 그리고 운동을 할 수 있는 건강함이 있다는 것이 감사하고, 집에서 나를 기다리고 있는 가족들이 있다는 것이 얼마나 큰 감사함으로 다가오는지…. 이렇게 내 삶의 일상을 바라보는 시선을 조금만 바꾸면, 순간순간이 감격이고 감사다. 그래서 작은 것 하나에도 열심을 내야 하는 이유를 발견하게 된다.

오늘 조회 시간에 너희들의 모습을 보면서 곰곰이 생각했다. 고등학교라는 울타리를 벗어나면 이젠 이런 시간도 없을 텐데. 교장선생님 훈화도 다시는 못 들을 테고, 교가를 부르는 시간은 더더욱 없을 텐데. 그리고 어디 가서 애국가를 부르는 것도 쉽지 않을 것이고, 친구가 상 받는 모습을 보며 박수치는 장면도 이제는 접하기 어려운 일일 텐데….

하지만 우리는 이런 시간들의 소중함을 잘 느끼지 못하고 그냥 막 흘려보낸다. 아니, 그냥 막 보내는 것이 아니라 어떨 때는 그 상황을, 그 행동을, 그 말을 하나하나 못마땅해 하기도 한다.

언젠가 그 일상 하나하나가 분명 소중한 기억과 추억으로 다가올 시간들이 올 것이다. 그렇기에 지금 우리에게 필요한 것은 이전과 다른 시선으로 내 삶을 바라보는 것이다. 그럴 수만 있다면 지금의 위기가 기회로, 아픔과 슬픔이 새로운 기쁨과 감사로, 무기력한 삶이 소망 있는 삶이 되어 마음속 각자의 상처가 회복되는 것을 금세 확인할 수 있을 거다.

내년부터는 선생이랍시고 이런저런 간섭하는 사람도 없을 테고, 교육한답시고 쓰레기 제대로 버리라는 등 이런저런 잔소리를 늘어놓는 이도 없을 거다. 이 글을 읽는 지금, 잠시 눈을 감고 당연하게만 여기고 있었던 일상의 소중함을 하나하나 떠올려보자. 지친 마음을 일으켜주는 따뜻한 선물이 될지도 모른다.

자신의 5퍼센트
부족함을 깨닫자

완전한 것이란 존재하지 않는다. 만들 수도 없고 만들어지지도 않는다. 특히 사람이 그렇고 관계가 그렇다.

완전한 부모도 없고 완전한 자식도 없다. 완전한 우정을 바랄 수 없고 완전히 만족스런 사랑도 얻을 수 없다. 모두가 완전하기를 바라고 완전한 것을 얻으려 할 때 삶은 퍽 힘들어진다.

누구에게나 5퍼센트쯤 모자라거나 부족한 점이 있다. 다소 차이는 있겠지만 말이다. 그런데 그 점을 인정하면서 좋은 면만을 보고 사는 사람이 있고, 부족한 점만을 보면서 사는 사람도 있다. 상대방의 5퍼센트쯤은 내가 갖고 있는 것으로 채워주면서 살아도 된다. 그러면 더욱 마음이 편해지고 행복해진다.

나아가 우리 자신에 대해서도 마찬가지다. 나 또한 5퍼센트쯤 부족하다고 인정해야 한다. 그것을 인정하기 시작할 때 우리에게 지금과 다른 새로운 삶이 다가오기 시작할 것이다.

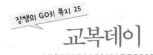

교복데이

"사람을 바꾸는 것에 초점을 맞추지 않은 채 단순히 이번 시험에 몇 등이 올랐는가, 몇 점이 올랐는가에만 초점을 맞추다 보면, 그 속에 있는 우리 아이들은 숨이 막힐 수밖에 없다."

이런 마음으로 18년 전 교단에 처음 섰던 것이 생각난다. 지금도 역시 행복할 때 공부가 잘되고, 행복할 때 집중력도 좋아지며, 행복할 때 인간관계나 자기주도적인 학습 능력이 좋아진다고 믿고 있다. 올해에도 너희들이 많이 웃으며 공부할 수 있도록 도와주고 싶다. 더 정확하게 말하면, 공부만 잘하게 하기보다는 행복할 수 있는 기회를 많이 만들어주고 싶다. 그래서 너희들이 학창 시절 동안 즐겁고 행복한 경험을 많이 하게 되고, 그 결과 행복한 성인으로 성장해가는 모습을 지켜볼 수 있다면 선생으로서 나는 꿈을 이룬 거라 생각한다. 너희들의 행복한 성장이야말로 나의 꿈이자 소망이다.

그런데 어제는 오히려 내가 참 많이 행복하고 즐거웠다. 매년 만우절이면 이번엔 어떤 즐거움이 기다리고 있을까 하고 내심 기대하는데, 우리 반이야 워낙 '홀리'한 반이어서 별일이야 있겠냐 싶었다. 하지만 너희가 생각지도 못한 웃음과 잊지 못할 추억을 또 하나 만들어주었다. 운동장을 한 바퀴 돌아주는 것으로 화답을 했지만, 내 마음은 이미 서울 시내를 몇 바퀴 돌고 온 거나 마찬가지였다! 재밌었고 고마웠다.

요즘 대학가에서는 만우절을 '교복데이'로 보낸다고 한다. 새로운 만우절 트렌드가 자리 잡힌 것 같더라. 많은 대학생들이 고등학생 시절 교복을 입고 자신이 나온 학교를 찾아간다고 한다. 어제 우리 학교에도 몇몇 졸업생들이 교복을 입고 늦은 시간까지 찾아왔다. 그만큼 고등학교 생활이라는 것이 그 당시에는 참 힘들지만, 많은 사람들의 마음 한구석에 그 무엇과도 바꿀 수 없는 소중한 경험이자 아련한 추억으로 자리 잡고 있다는 증거라고 생각한다.

그래서 학창 시절의 마지막 자락을 보내고 있는 너희들에게 더 많은 추억과 아름다운 기억들을 새겨주고 싶은데, 생각만큼 해주지 못해 미안할 뿐이다. 아직 우리에겐 시간이 많이 있으니 10대의 마지막 순간들을 더 많은 추억으로 채워나갈 수 있도록 함께 노력해보자.

껄껄껄

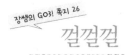

《모리와 함께 한 화요일》이라는 책에는 죽기 전 미리 사랑하는 사람들을 불러놓고 자신의 장례식을 치르는 장면이 나온다. 죽음을 앞두고 사랑했던 사람들을 볼 수 있다는 것은 정말 의미 있는 일처럼 보인다. 나 또한 꼭 그렇게 해보고 싶다는 생각을 하게 된다. 나중에 내가 여는 장례식에는 너희 모두가 참석해주어야 한다!

사람은 죽을 때, '껄, 껄, 껄' 하며 죽는다고 하더라. 호탕하게 웃으며 죽는다는 뜻이 아니라 세 가지 아주 치명적인 실수를 후회하며 '○○했으면 좋았을 껄' 하면서 죽는다는 거다.

첫 번째 '껄'은 '보다 베풀고 살 껄!'이란다. 아무리 가난한 사람이라도 죽은 다음 재산을 정리해보면 약간은 남는다. 그런데 그 돈을 두고 가는 것이 너무 아쉽게 느껴진다는 것이다. 그래서 이렇게 놓고 가게 될 걸 왜 그토록 인색하게 살았던가 하는 후회가 남는다는 것이다.

두 번째 '껄'은 '보다 용서하며 살 껄!'이다. 죽을 때 떠오르는 얼굴들이 있다. 사랑한 사람들의 얼굴도 떠오르지만, 미워하고 증오했던 이들의 얼굴도 떠오른다. "아, 이렇게 끝날 것을 왜 그토록 미워했던가! 이게 마지막인데, 다신 볼 수 없는데…" 하는 후회가 남는다는 것이다. 그러나 이미 때는 늦었다. 그때가 되면 화해할 시간도 없다.

세 번째 '껄'은 셋 중 가장 중요하다. 바로 '아, 보다 재미있게 살 껄!'이다. "어차피 이렇게 죽을 걸, 왜 그토록 재미없게, 그저 먹고살기에 급급하며 살았던가!" 한다는 것이다. 죽을 때가 되니 비로소 내가 이미 가진 것들을 제대로 보게 된 것이다.

이 이야기를 듣고 보니, 삶이 재미있으면 나머지 것들은 자연스럽게 이루어지는 것 같다는 생각이 든다. 주어진 삶을 재미있게 살다 보면 저절로 베풀게 되고 자신도 모르게 주변에 관대해지는 것 같다. 자연히 나머지 것들을 위해서 억지로 노력할 필요도 없어지게 된다. 정말 그런 것 같지 않니?

그런데 더 중요한 것은 재미있게 살려고 노력하면 얼마든지 더 재미있게 살 수 있다는 것이다. 그래서 나는 항상 고민한다. 어떻게 해야 내 삶이 더 재미있어질까, 그리고 어떻게 하면 고3이라는 힘든 시간을 보내고 있는 너희들에게도 더 큰 재미를 줄 수 있을까 하고 말이다.

　지난번에 우리 반을 찾아왔던 선배들 기억하니? 나는 그 녀석들이 지금도 제일 고맙다. 그 녀석들은 늘 고3 때가 제일 재미있었다고 한다. 그렇다고 해야 할 것들을 다 내팽개쳐둔 채 놀기만 했다는 것이 아니다. 그 어느 때보다 학업에서도 참 열심히 노력했던 친구들이었다. 그리고 지금은 자신만의 분야에서 누구보다 열심히 살고 있는 청년들로 성장했다.

　다시는 돌아오지 않는 고등학교 시절이다. 학교가 통제와 규율만 있는 지옥 같은 곳이 아니라, 좀 더 많이 베풀고 좀 더 많이 용서하고 좀 더 많은 재미있는 기억들을 만들어낼 수 있는 곳이 되도록 서로서로 조금만 더 노력해보자. 그 노력들이 결실을 맺는다면 행복했던 고등학교 시절의 기억이 나중에 훨씬 더 의미 있고 가치 있는 삶을 사는 데 큰 도움이 될 거라 생각한다. 물론 고등학교 시절에 대한 후회도 훨씬 적어질 테고 말이야.

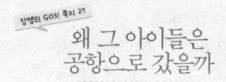

왜 그 아이들은
공항으로 갔을까

생각보다 성적이 나오지 않을 때 우리는 그 이유를 찾으려고 노력한다. 그런데 상담을 하다 보면 남들 하는 과외나 학원 수업을 듣지 않았기 때문에 성적이 안 나온다고 말하는 경우가 종종 있다. 그중 몇몇은 진심으로 그것 때문에 공부가 힘들고 성적이 기대 이하로 나온다고 생각하는 것 같기도 하다. 하지만 그 이야기를 듣는 나는 그 친구들이 안타깝게 느껴진다.

EBS에 '지식채널'이란 것이 있다. 우연히 본 이 프로그램에서 아프리카의 기니라는 나라에 살고 있는 아이들을 소개하는 내용을 보면서 나 자신이 부끄러워졌다. 그리고 내 자식들이 언젠가 이 프로그램을 보면 좋겠다는 생각까지 하게 됐다. 제목은 '아프리카 기니 사람들이 밤에 공항으로 모이는 이유는'이다.

미국인이 사흘이면 다 사용할 수 있는 양의 전기를 기니 사람들은 1년 동안 사용해야 한다고 한다. 그래서 밤에는 나라 전

체가 어둠 속에 있다. 전등을 켜거나 저녁을 준비하고 생계를
꾸릴 전기가 없기 때문이다. 110년 동안의 프랑스 식민통치와
50년 동안의 독재정권을 거치면서 부패한 정부는 국민들에게
무관심하고, 발전 시설과 같은 기반 시설은 낡고 부족하다. 그래
서 지금 기니는 정전과 함께 삶이 멈춰버리는 사람들이 국민의
80퍼센트에 달한다고 한다. 정치인들은 자기를 뽑아주면 국민
을 위해 뭐든지 하겠다고 약속하지만, 선거용 사탕발림에 불과
하다. 국민들은 매번 기대, 실망, 기대, 실망만 반복할 뿐이다.

그런데 기나긴 좌절과 무력한 일상 속에서 기니의 아이들이
찾아낸 것은 항상 환한 불빛이 있는 공항이었다. 공항을 가기
위해서는 어둠 속에서 5킬로미터를 걸어가야 한다. 나쁜 사람
들과 마주치면 다치거나 강간을 당할 수도 있다. 하지만 그렇게
큰 위험을 무릅쓰고 기니의 아이들이 공항을 찾아가는 이유는
공항을 밝히는 환한 전등 아래에서 공부를 하기 위해서다. 현
재 처해 있는 암담한 현실에서 벗어날 수 있는 유일한 탈출구
가 공부라고 믿기에 공부할 수 있다면 뭐든지 하겠다고 하면서
밤마다 공항에 모여드는 것이다.

"부모님이 학비를 내주실 형편이 못돼요."

"대학을 나와도 일자리가 없어서 대학을 안 나온 사람과 다
를 바가 없어요."

이렇게 비관적인 이야기를 하기도 하지만, 그럼에도 결코 포기하지 않는 이유는 "희망마저 없으면 그 삶은 죽은 거나 마찬가지니까요"라고 말하는 기니의 아이들.

어른들이 만든 어둠 속에서 매일 밤 빛을 찾아 떠나는 기니 아이들의 여정은 지금 이 시간에도 계속되고 있기에 안타깝고 가슴이 저려오고 먹먹해진다. 그리고 나와 우리 모두를 다시금 되돌아보게 한다.

이 또한
지나가리라

다윗 왕에 대해 다들 한번쯤은 들어봤을 거다. 유명한 '다윗과 골리앗' 이야기의 주인공 말이다. 그의 아들 또한 유명한데, 바로 솔로몬 왕이다. 그는 세상에서 가장 지혜로운 왕으로 일컬어지기도 한다.

어느 날 다윗 왕이 궁중 세공인을 불렀다. 그리고 전쟁에서 승리했을 때 지나치게 들떠 오만하지 않도록 하고, 또 패배했을 때 헤어나지 못할 정도의 좌절에 빠지지 않도록 하는 글귀를 반지에 새겨오라고 명했다. 궁중 세공인은 깊은 고민에 빠진다. 권력과 부와 명예를 얻었을 때 자칫 빠지기 쉬운 교만을 이기고, 실패와 치욕과 가난 속에서도 절망하며 쓰러지지 않는 용기와 희망을 북돋을 수 있는 글귀는 무엇일까 하고 아무리 머리를 쥐어짜도 이 기묘한 수수께끼를 도저히 풀 수 없었다.

결국은 지혜로운 사람으로 널리 알려진 솔로몬 왕자를 찾아가 도움을 청하기로 했다. 그리고 솔로몬이 그에게 일러주었다는 그 어떤 것보다 귀한 한마디를 훗날 미국 대통령 에이브러햄 링컨부터 김연아 선수까지 많은 이가 좌우명으로 삼게 된다.

"이 또한 지나가리라! This too shall pass away!"

슬픔이 너희들의 삶으로 밀려와 마음을 흔들고 소중한 것들을 쓸어가려 할 때면, 너희들 가슴에 조용히 얘기해봐라. "이 또한 지나가리라!" 행운이 너희들에게 미소 짓고 기쁨과 환희로 가득할 때, 그리고 근심 없는 날들이 계속될 때면 그때도 이 진실을 가슴에 새겨보자. "이 또한 지나가리라!" 그리하면 항상 첫 마음을 잃지 않고 열정을 다해 살 수 있을 것이다. 시험 결과 때문에 괴롭고, 부모님이나 담임과의 대화 중에 마음에 상처가 생긴다면, 마음속으로 조용히 속삭여보자. "이 또한 지나가리라!" 생각보다 큰 힘과 위로가 되는 글귀다.

모의고사를 보고 가채점을 하다 보면, 몸과 마음이 괴롭고 힘들 수 있다. 그럴 때 우리 모두 스스로에게 "이 또한 지나가리라!"라고 외쳐보자. 분명 신기하게도 힘이 나는 것을 느낄 수 있을 거다.

두 번째 성적표

오늘 두 번째 성적표가 나왔다.

내가 늘 했던 말 기억하지? 모의고사도 공부의

연장선상에 있다고 생각해야 수능 때 성공할 수 있다는 말.

그렇다고 모의고사 결과가 나올 때마다 일희일비하면

절대 안 된다. 대신 모의고사 성적표가 어떤 개념을

이해 못하고 있는지, 시험 볼 때 시간 관리는 잘하고 있는지,

그리고 어떻게 하면 더 좋아질 수 있을지에 대한

긍정적인 자극이 되어야 한다.

롤러코스터 탈 때 같은 감정의 변화가 없도록 각별히 부탁을 한다.

또한 틀린 문제에 대해서 철저히 분석해서,

이후 비슷한 유형은 절대 틀리지 않겠다고 가슴 깊이

다짐해주길 바란다.

힘내라! 오늘은 성적표 나온 기념으로 내가 도너츠 쏜다!

스승의 날

해마다 '스승의 날'이 온다. 그런데 나는 스승이라는 단어가

매우 부담스럽다. 졸업을 하고서도 인생의 길잡이로서

마음에 남아 있는 선생님을 진정한 의미의 스승이라고 한다면

분명히 난 스승이 아닐 텐데, 학생들은 스승의 날이 되면

내게 꽃도 달아주고 노래도 불러준다. 기분은 좋지만,

마음 한편으로는 부담스럽고 부끄럽다.

그렇다고 '스승의 날'이 '교사의 날'로 바뀌어도 난 여전히

부끄러울 거 같다. 혹시나 학생이나 학부모들에게 침해당할지

모를 교권에 대해서는 안절부절못하면서 막상 학생들의 인권에

대해서는 얼마만큼이나 고민하고 배려해주었는지,

자기 생각만 옳다는 아집을 버리고 타인의 말에 귀 기울이는 것의

중요성을 반복해 가르치면서 너희들의 생각과 의견이 올곧았을

경우 과연 내 고집을 버린 적이 한 번이라도 있었는지,

말로는 사람의 다양성을 인정하라고 가르치면서

너희들의 개성은 항상 가장 뒷전으로 밀쳐놓은 건 아니었는지….

생각해보면 교사로서도 참 부족한 나다.

이런 자격 없는 교사에게 스승이라며 주는 너희들의 사랑은

언제나 너무 과분하다.

사흘 전에 어느 학부형에게서 문자가 왔다. 아직까지도

여고 시절 친구들과 모여 깔깔대며 그때의 스승을 찾아뵙는다고.

그 모습을 떠올려보니 참 보기 좋겠다 싶었고,

스승이라 불리는 그 선생님이 참 부러워지는 순간이었지.

올해 참 좋은 너희들을 보면서 나는 좀 과한 욕심을

가져보게 된다. 나중에 그 학부형의 반처럼 그렇게 너희들을

보고 싶다는 욕심! 너무 욕심이 과한가?

그러려면 나 또한 좋은 담임이 아닌 좋은 스승이 되고자 좀 더

힘써보는 한 해가 되어야겠다. 자식 자랑과 마누라 자랑은

팔불출이라고 하던데, 요즘은 어딜 가든 팔불출처럼

우리 반 자랑을 하고 다닌다.

팔불출처럼 보여도, 그래도 그렇게 하고 싶다. 며칠 동안

스승의 날을 준비하고 계획한 너희들의 손길 하나하나 떠올려보며

교사로서 감사한 마음과 함께, 새삼 이런 너희들과 함께하는

내가 복 받은 사람이라는 사실 덕분에 행복하다.

나 또한 내 마음을 너희들에게 전하며 글을 맺는다.

"사랑하고 축복한다. 평생토록 너희를 위해서 기도하는

담임이 되련다!"

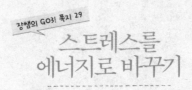

강쌤의 GO3! 쪽지 29
스트레스를
에너지로 바꾸기

인생을 풍요롭게 하려면 적당한 스트레스가 있어야 합니다. 꿈
의 몽둥이, 목표의 채찍질이 있어야 합니다. 확고한 목표와 방
향이 없는 사람이 인생이라는 달리기를 질주하기란 불가능한
일입니다. 높은 목표는 원초적 도전 의식을 자극합니다. 매사
에 목표가 있어야 모든 신체 기능이 통합되고 잠재된 에너지가
빛을 발하게 됩니다.

_황성주, 《10대, 꿈에도 전략이 필요하다》 중

요즘 여기저기 아픈 사람들이 많다. 배도 아프고, 머리도 아
프고, 때로는 위가 아프고, 장이 아프다며 아픈 장기의 정확한
위치까지 알고 고통을 호소하기도 한다. 병원에 가보지만, 의사
로부터는 '스트레스성'이란 말만 들을 뿐이다.

스트레스! 하지만 건강과 성공의 적이라 불리는 이 무시무시

한 것을 마냥 두려워만 할 일은 아니다. 학자들은 스트레스가 너무 없는 것도 문제라는 말을 하곤 한다. 자신에게 '확고한 목표와 방향'이 있다면, 그로 인해 생기는 스트레스는 때론 좋은 채찍질이 될 수 있다. 중요한 것은 스트레스가 목표까지 가는 길의 걸림돌이 되지 않게 해야 한다. 그러려면 받는 스트레스를 무시하면서 무작정 오래 쌓아두지 말고, 적정한 수준에서 관리할 줄 알아야 한다.

그래서 우리에겐 나름대로의 스트레스 해소법이 있어야 한다. 먹는 것으로 스트레스를 풀 수도 있겠고, 노래방에서 실컷 노래를 부르는 것으로 풀 수도 있겠다. 한숨 푹 자는 것도 좋다. 신앙의 힘을 빌리는 것도 좋은 방법이다. 중요한 것은 자신만의 방법으로 그때그때 스트레스를 태워 없애버리는 것이다.

확고한 목표도 없이 인생이라는 달리기를 질주하기란 쉽지 않은 일이다. 목표는 자신 안에 갇혀 있던 원초적 도전 의식을 자극한다고 한다. 따라서 매사에 자신만의 목표가 있다면, 엄청난 힘을 가진 잠재 에너지가 빛을 발할 수 있다.

우리를 배 아프게 하고, 머리 아프게 하는 스트레스! '그까이 꺼' 확 떨쳐버리고, 오히려 그것을 통해 본인 스스로를 채찍질하고 몽둥이질하며 꿈을 향해 힘을 내게 하는 좋은 기회로 삼아보자.

나의 미래를 함부로
가정하지 말자

유명한 발명가인 토머스 에디슨은 신입사원 면접을 볼 때 간단한 실험을 했다고 한다. 면접자에게 수프 한 그릇을 주고 먹기 전에 소금을 치나 안 치나를 살펴보았다는 것이다. 에디슨은 수프를 먹기 전에 소금을 치는 사람을 면접에서 탈락시켰다. 이유는 맛을 보기도 전에 소금을 치는 사람은 그렇지 않은 사람에 비해 자신 앞에 놓인 다양한 가능성을 보지 못한다고 생각했기 때문이란다.

너희들도 지금 똑같은 상황에 놓여 있다. 1, 2학년 때의 성적이 하나의 기준이 되어 수능의 결과를 벌써부터 예단하고 있는 것은 아닌가? 자신 앞에 놓인 수프를 맛보기도 전에 소금을 치고 있는 것은 아닌가?

지금 현재 자신의 상황에서 어떤 가정들을 버릴 수 있는지 생각해보자. 겸손한 마음으로 자신의 가치를 믿는 동시에 그것을 과소평가하지 말고, 자신의 목적지가 어디인지 늘 잊지 않으며 그곳을 향해 오늘도 한 걸음씩 걸어갈 수만 있다면, 정말 깜짝 놀랄 만한 기적 같은 일이 모두에게 일어나게 될 것이라 생각한다. 함부로 앞날을 가정하지 말고, 우리 앞에 놓여 있는 무한한 가능성을 기대하며 오늘도 한걸음씩 전진해보자!

아직까지 나를 볼 때 웃는 거 보니 아직 똘똘 뭉쳐서 내 욕을 하고 있지는 않은가 보다. 내 예상으로는 찬바람이 휙휙 불 줄 알았는데 말이다. 어떻게 하면 너희들이 좀 더 내 욕을 하게 해서 더 똘똘 뭉치게 할 수 있을까?

대가를
지불하는 삶

'나는 머리가 나빠.'

'내겐 왜 이리 운이 없을까?'

'내가 과연 할 수 있을까?'

혹시 이런 생각으로 하루하루를 보내고 있는 것은 아닌가?

노력도 하기 전에, 해보기도 전에 미리부터 포기하지는 말자. 무슨 일이든 첫술에 배부를 수는 없다.

너희가 지금 하고 있는 노력들은 11월에 풍성한 열매를 맺기 위한 물 주기, 거름 주기, 잡초 뽑기임을 잊지 말자.

무작정 복 받기를 바라고 행운의 신이 강림하기만을 바라며 기다리지 말고, 복은 스스로 지은 만큼 돌아온다는 진리를 기억해야 한다. 다른 사람이 보기에는 머리가 좋아서 운이 좋아서 잘하고 있는 것처럼 보일지도 모르겠지만, 그들도 보이지 않는 곳에서는 피나는 노력을 하며 꾸준히 칼을 갈고 있다. 사람마다 자신을 둘러싼 상황과 마음의 짐은 분명히 다르다. 하지만 아무도 모르는 어려움 속에서도 자신이 지불해야 할 대가를 치르며 묵묵히 노력하는 사람은 때가 되면 반드시 열매를 맺는다는 것을 마음에 새기고 또 새겨주면 좋겠구나.

오늘부터 '먹통'을 통해 작은 기쁨과 힘을 얻게 되길 바란다. 어쩌면 고3 생활을 통해 남겨야 할 흔적은 뱃살, 엉덩이살, 허벅지살이 아닌가 싶기도 하다. 먹통에 있는 먹을 것들, 난민처럼 먼저 챙겨놓지 말고, 지치거나 졸릴 때 먹고 힘내는 것으로 하자!

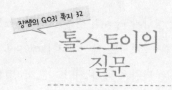

톨스토이의
질문

작은 일도 무시하지 않고 최선을 다해야 한다. 작은 일에도 최
선을 다하면 정성스럽게 된다. 정성스럽게 되면 겉에 배어 나오
고 겉에 배어 나오면 겉으로 드러나고 겉으로 드러나면 이내
밝혀지고 밝혀지면 남을 감동시키고 남을 감동시키면 이내 변
하게 되고 변하면 생육된다. 그러니 오직 세상에서 지극히 정성
을 다하는 사람만이 나와 세상을 변하게 할 수 있는 것이다.

_자사(공자의 손자), 《중용》 23장 중(영화 〈역린〉을 보다가 알게 됐다!)

공부를 해야 하는 이유가 세상에 나아가서 세상을 변화시
키는 사람으로 성장하기 위함이라고 한다면, 가장 근본이 되는
것은 지금 있는 곳에서 작은 일에 최선을 다하는 것이 아닐까
싶다. 지금, 이 짧은 순간마다, 작은 일에도 정성을 다한다면 그
것이 쌓여 겉으로 드러나게 되고, 결국 나와 남을 감동시켜 살

아 움직이게 만드는 것이다.

러시아의 대문호 톨스토이는 일생을 살아가면서 자신에게 세 가지 질문을 했다고 한다.

"일생 중 가장 중요한 때는 언제인가? 일생 중 가장 중요한 사람은 누구인가? 일생 중 가장 중요한 일은 무엇인가?"

그리고 이렇게 답했다고 한다.

"가장 중요한 때는 바로 지금이다. 가장 중요한 사람은 지금 내가 만나고 있는 사람들이다. 그리고 가장 중요한 일은 지금 내가 만나고 있는 사람들에게 사랑과 선을 베푸는 일이다."

지금이 가장 중요한 때이고, 지금 만나는 사람들이 가장 중요한 사람들이고, 그들에게 사랑과 선을 베풀어야 한다는 말이 너무 당연한 것 같지만, 실제로는 참 어려운 일이다. 매년 같은 공간에서 같은 나이대의 아이들을 만나서 지도하는 것이 나의 일이지만, 20년 가깝게 지났으면 이제 익숙해질 만도 한데 매번 참 어렵다.

그럼에도 불구하고 어떤 상황이든 기분이 어떠하든지 상관없이 지금 이 순간이 우리의 삶 중에서 가장 중요한 때임을 너희들과 나는 절대 잊으면 안 된다. 그리고 나나 너희가 이런 마음으로 살아갈 수 있다면, 우리를 통해 세상은 변하게 될 것이라고 생각한다!

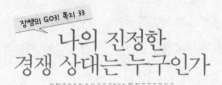

나의 진정한
경쟁 상대는 누구인가

"남보다 잘하려 하지 말고 전보다 잘하려고 노력하라"라는 말이 있다. 이 말에는 타인과의 경쟁보다 자기 자신과의 경쟁이 중요하다는 의미가 담겨 있다. 지금 우리 반에서 내가 몇 등인지, 혹은 지난 시험보다 등수가 얼마나 오르내렸는지는 중요하지 않다.

남보다 잘해서 등수를 올리는 것보다 중요한 것은 남이 아닌 자신의 과거와의 경쟁에서 이기는 것이다. 자기 스스로를 경쟁상대 삼아 달리는 사람이라면, 남보다 잘하는 것에 만족하지 않는다. 스스로의 평가로 과거의 나보다 더 나은 성과를 올렸을 때 그 어느 때보다 더 큰 성취감을 느낀다.

이처럼 어제의 나보다 오늘의 내가 얼마나 성장했는지가 더나은 나를 만드는 원동력이 된다. 그리고 남의 성취를 의식하기보다 각자 스스로의 원동력으로 모두 함께 성장하는 우리 반이 되었으면 좋겠다. 우리 모두의 마음이 그렇게 풍요롭고 아름답길 기대해본다.

서울과학기술대학교의 잘 아는 교수님께서 이런 얘기를 하시더라. 그동안 무섭게만 학생들을 대할 때는 단 한 번도 성적 이의 신청 같은 것을 받아보지 않았는데, 올해 개인적인 어떤 계기를 통해서 많이 웃고 친근감 있는 교수가 되려고 노력했고 스스로도 학생들과 참 잘 지냈다고 생각했더니, 이번 여름에 단 한 명의 예외도 없이 모두가 성적 이의 신청을 내더라는 얘기였다. 잘해주는 사람에게 더 예의 있게 잘해야 하는 거 아니냐며, 이럴 땐 어떻게 해야 하는지를 내게 물으시기에, 오히려 내가 상담을 받아야 할 처지라는 말씀을 드렸다. 어떻게든 잘해주려고 하는 사람에게, 처음에는 그것이 감사했지만 나중에는 그것을 당연한 권리라고 생각하며 예의 없이 함부로 하는 것은 우리 모두가 조심해야 하는 부분이다.

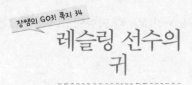

레슬링 선수의
귀

내가 받아보는 이메일 소식지에 성공한 사람들의 숨은 노력에 대한 이야기가 소개되었는데, 참 가슴에 와 닿았다.

내용에 따르면, 레슬링 선수들의 신체를 자세히 살펴보면 귀가 보통사람들과는 다르게 생겼다고 한다. 워낙 경기 자체가 몸으로 부대끼며 하는 거다 보니, 훈련이나 경기 중에 경기장 매트에 귀가 많이 닳게 되는데, 그래서 그들의 귀는 못생겨진다. 이런 사실을 알고 있는 레슬링 선수들은 실제 경기에서 상대방의 귀를 먼저 본다고 한다. 그때부터 서로의 기 싸움이 시작되는 것이다. 귀가 더 못생길수록 진짜 연습을 많이 한 '무서운 선수'라고 생각하게 된다고 한다.

언젠가 공개된 축구 선수 박지성의 맨발을 본 적 있을 것이다. 평발에 왜소한 신체 조건을 극복하기 위해 박지성 선수는 남들보다 수십 배 더 많이 공을 차고 달려야 했다. 그래서 그의 발은 보기 흉할 정도로 일그러져 있다. 그의 못생긴 발은 세계적인 축구 선수로 성장한 땀의 흔적이었던 것이다.

19세기 말 스페인의 바이올리니스트 사라사테는 누군가가 '당신은 음악의 천재'라고 칭찬하면 "나처럼 37년 동안 하루도 빼놓지 않고 14시간씩 연습한다면 누구라도 천재가 될 수 있습니다"라고 대답했다고 한다.

역도의 장미란 선수의 손은 굳은살로 가득하지만, '세상에서 가장 아름다운 손을 가진 여자'라는 칭송을 듣는다. 그녀의 인터뷰 내용인데 정말 큰 감동을 받았다.

또래 여자들이 화장을 할 때 난 송진가루를 묻혔고, 그들이 다이어트를 할 때 난 야식을 먹어야만 했습니다. 하지만 언제 이렇게 한 가지에만 집중하며 인생을 살 수 있겠습니까? 역도는 저에게 삶의 큰 기쁨이자 원동력입니다.

우리는 보통 어떤 분야에서 최고가 된 사람의 성공한 결과만 보지, 성공 뒤에 숨어 있는 그의 노력은 너무 쉽게 간과하는 것 같다. 성공한 사람에게는 그 성공을 위해 남들보다 더 노력한 흔적이 남게 된다고 하는데, 올 한 해 나름대로의 목표를 위해서 달려가고 있는 우리들은 지금 어떤 흔적을 남기고 있는

가? 자신의 인생 중 고3이라는 시간 동안 어떤 흔적을 남길 것인지, 그리고 이를 위해 어떤 생활을 해야 할지 생각해보았으면 좋겠다.

"머릿속으로 자신이 바라는 것을 생생하게 그릴수록 온몸의 세포가 모두 그 목적을 달성하는 방향으로 조절된다."

아리스토텔레스의 이 말처럼 우리의 인생은 우리가 생각한 대로 돌아간다는 것을 잊지 않는 이번 한 주 되길 바란다.

교실 앞에 아이스티와 아이스커피를 갖다 놓았는데, 몇 분 만에 바닥이 났다. 이 '위대한 식성'들을 어떻게 해야 할꼬?

자신감

자신감이란 마음이 확신하는 희망과 믿음을 가지고 미래를 향해 전진해나감을 말한다. 무슨 일이든지 자기가 된다고 생각할 때 이룰 수 있게 된다. 자신감이 없고 불평만 하는 사람에게 성공이 멀게 느껴지는 것은 당연하다. "자신감은 성공의 최고 비결이다. 불만은 자신감의 결핍이고 의지의 박약이다"라는 유명한 말도 있다.

자신감을 갖는 최고의 방법은 자기의 능력을 간파하고 자기가 할 수 있는 방법으로 그 일을 이룰 수 있도록 노력해나가는 것이다. 무엇보다 자신이 유용한 인재라는 자신감을 가지는 것이 중요하다.

지금 너희들이 힘든 시기를 보내고 있지만, 어떤 상황에서도 자신감 잃지 말고, 불평하지 말자. 자신을 과소평가하기보다는 매사에 자신감 있는 당당한 너희들이 되었으면 좋겠다.

의미를 부여하는
즐거움

어느 케이블 방송이랑 인터뷰를 한 적이 있다. 생방송이었고, 목소리만 나가는 20분 정도의 인터뷰였다. 학교 안 어디가 인터뷰하기에 적당할까 고민하다가 결국 차 안이 가장 조용하고 눈치 안 볼 것 같았다. 여러 가지 질문이 있었는데, 여고에 재직 중이어서 힘든 것이 있냐고 묻더라. 힘든 일이라…. 말하자면 참 많겠지?

인터뷰가 끝나고 혼자 생각해봤다. 처음 여고에 와서 여학생들의 특성을 잘 몰랐을 때는 힘든 부분이 많았지만, 언제부턴가 그 특성을 알고 인정하게 되었고, 이 아이들이 나에게 어떤 의미인지를 생각하고부터는 예전에 힘들던 것들이 그다지 힘듦으로 다가오지 않게 되었다. 너희들에게 나는 그냥 초등학교부터 만나온 12명의 담임 중 한 명으로 스쳐지나갈 수 있는 사람일 수도 있겠고, 또 나에게 너희는 오랜 교직생활 중 어느 한 해

잠시 맡았던 학생이었다고 생각할 수도 있겠지만, 나는 그렇게 생각하며 사는 것을 바람직하다고 생각지 않을 뿐 아니라, 그리 좋아하지도 않는다.

김춘수 시인의 〈꽃〉이라는 시가 있다.

"내가 그의 이름을 불러주었을 때, 그는 나에게로 와서 꽃이 되었다."

이름을 부르고 의미를 부여했을 때 비로소 꽃이 되고 잊히지 않는 큰 의미가 된다는 것인데, 살다 보면 그때그때 아무 생각 없이 그냥 시간의 흐름에 몸을 맡기며 살아갈 때가 참 많은 거 같다. 겨우겨우 그럭저럭 꾸역꾸역 살아간다고 해야 하나? 그러다가 정신을 차리고 거기에 의미를 부여하기 시작했을 때, 이전에 보이지 않던 것이 보이고 이전에 느끼지 못했던 것이 새삼 새롭게 느껴지며 다시 보이는 경우가 참 많다.

예를 들어, 작년까지만 해도 너희들과 나와의 관계가 그냥 물리선생과 2학년 이과생들이었는데, 올해 담임이 되어 보니 이전에 보이지 않았던 모습들이나 느낌들이 서로에게 생기는 것처럼 말이다. 그래서 나는 모든 것에 어떤 의미를 붙이기 좋아한다. 자꾸 의미를 붙여야 좀 더 다른 마음으로 바라보게 되고, 순간순간 내가 할 수 있는 최선을 다하게 되는 것을 경험해서일 거다.

이번 주 사설 모의고사가 있는데, 나는 너희들이 아무 부담 없이 시험을 대하는 것에 대해 조금은 못마땅하다. 아무리 사소한 것이라고 해도 거기에 의미를 붙이며 항상 최선을 다해주길 바라는 마음 때문일 것이다. 이번 시험도 각자가 나름대로의 의미를 붙여보길 바란다. 시험 끝나고 나서 이러쿵저러쿵 불평만 쏟아내기보다는 자신이 붙인 의미에 얼마나 다가갔는지를 점검해보는 귀한 시간이 되길 바란다.

요즘 들어 교무실에 와서 생뚱맞게 "저 부르셨어요?"하거나, 문자로 "왜요?"이런 식의 물음이 있는 걸 보니 누군가 담임 행세를 하고 있는 것 같다! 담임 행세를 하려거든, 기왕이면 좀 잘하든가…. 어이구! 뭐든 지나치면 해가 된다!

생체리듬

신문을 읽던 중 마라톤 경기에 참가하는 마라토너들에 대한 기사가 있어, 너희들에게 소개하려고 한다.

기사에 따르면, 마라톤을 효과적으로 하려면 '생체리듬'을 정확히 알고 조절해야 한다고 한다. 마라토너들은 경기 12주에서 14주 전부터 몸 상태를 마라톤 경기에 맞춰 조절을 한다. 음식 조절은 기본이고, 마라톤 대회 시간에 맞춰 몸의 생체리듬을 조절한다. 또 모든 마라톤 구간의 특성을 머릿속에 넣는 일도 한다. 좀 더 빠르게 가야 할 구간은 어디인지, 언덕은 언제쯤 나오는지, 내리막길은 언제쯤인지 등을 말이다. 또한 각 구간마다 어떤 전략으로 임해야 가장 좋은 기록을 낼 수 있는지를 반복 또 반복하며 연습한다. 42.195킬로미터를 최상의 컨디션으로 뛰기 위해서 하루에 100킬로미터 이상 뛰는 것은 기본이다. 달리는 동안 느낄 수 있는 지루함에도 불구하고 이어폰을 낀 채

달리는 마라토너는 단 한 사람도 없다. 대회에서는 이어폰을 착용하지 못하기 때문이다.

이렇게 한 대회를 준비하는 마라토너의 모습을 상상하며, 수능 준비를 하고 있는 너희들의 모습을 생각해본다. 마라톤이야 한 번 실수하면 다음 대회에서 잘하면 된다고 생각할 수도 있겠지만, 단 한 번뿐인 가장 큰 시험을 준비하는 우리들은 그냥 공부하는 것 이외에 어떤 준비를 하고 있는가. 최적의 컨디션으로 시험을 치기 위해 어떤 마인드 컨트롤을 하고 있고, 8시부터 5시까지 실시되는 그 시간에 자신의 상태가 최고의 컨디션이 될 수 있도록 무엇을 준비하고 있는가.

지금부터 준비해야 한다. 밤에 푹 잘 수 있는 준비, 낮에는 깨어서 8시부터 5시까지 가장 좋은 컨디션을 유지하기, 오전에는 언어와 수학, 점심 먹고 나서는 영어와 과학 공부…. 사소해 보이지만 본인의 생체리듬을 수능에 맞추어 준비하고 또 준비해야 한다. 음악 듣지 않고 공부하고, 한 번 공부를 시작하면 마라톤 선수가 그러하듯 수능 시험 시간보다 훨씬 더 많은 시간을 집중해서 공부하는 연습. 이제 정말 시작하고 준비해야 할 때다. 준비된 자가 성공할 수밖에 없다는 진리를 잊지 말고, 낮에 최고의 컨디션을 유지할 수 있도록 가급적 엎드리지 말고 생체리듬을 실전에 맞추는 연습을 하기 바란다.

매일 이런저런 시시껄렁한 담임의 요구와 이야기가 때로는 귀찮을 수도 있겠지만, 그래도 몇 명이라도 귀 기울여주는 녀석들이 있다는 것에 감사하다. 음악 들으며 공부하지 말라고 하면 그렇게 하려고 애써주고, 휴대폰 내고 공부에 집중하라고 하면 그렇게 하려고 애써주는 녀석들. 휴일을 잘 보내야 한다고 하면 학교에서든 도서관에서든 나름 잘 보내려고 노력하는 녀석들. 그리고 매일 밤 11시까지 자신의 자리를 지켜주는 녀석들…. 누군가가 나의 말을 귀담아 듣는다는 것은 정말 감사한 일이다. 언제나 고맙다!

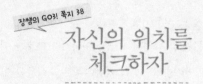

자신의 위치를
체크하자

나는 여행을 좋아한다. 미리 계획을 잘 세워서 가는 여행도 좋아하고, 무작정 아무 계획 없이 떠나는 여행도 좋아한다.

그런데 여행을 하다 보면 길을 잃을 때가 있다. 그때 가장 중요한 것은 지금 내가 있는 곳을 아는 것이다. 지도에서 내가 있는 위치를 정확히 찾아내면 갈 길이 보인다. 지금 나의 위치를 정확히 안다는 것은, 어디서부터 잘못 왔고 이제는 어디로 가야 하는지 정확히 알아낼 수 있다는 뜻이다.

우리네 인생살이도 마찬가지 아닐까 싶고, 공부 또한 그럴 것이다. 지금 나의 위치를 정확히 알 수만 있다면, 그것이 잘못되었다면 어디서부터 잘못된 것인지, 앞으로 어떻게 해야 하는지 정확히 알 수 있기에 앞으로의 여정은 제대로 된 길로 갈 수 있다. 하지만 현재 자신의 모습을 제대로 파악하지 못하고 자기가 가는 길이 어떤 길인지도 모른 채 무작정 가기만 한다면 되돌릴 수 없는 길로 가게 될 수도 있다.

지금 자신의 모습을 살펴봐라. 제대로 가고 있는지, 잘하고 있는지, 혹시 내 계획과 다른 쪽으로 가고 있는 것은 아닌지를 말이다.

자신이 있는 곳, 자신이 가고 있는 길, 계획하고 있는 것들, 그리고 공부. 이 모든 것들을 아무 생각 없이 하지 말고 그때그때 체크하는 습관을 길러보자. 너희들의 여정이 헛되지 않을 것이다.

초등학교 2학년인 우리 집 막내 민준이가 어제 수학 시험지를 가져왔는데, 25문제 중에 3문제 맞혔더라. 웃어야 하니 울어야 하니?

11월에
열매 맺자

작년 봄에 우리 집 꼬맹이들 세 녀석의 이름표를 붙여서 조그
만 대추나무와 매실나무를 시골에 가서 같이 심고 왔는데, 그
것이 재미있었는지 일주일 정도 지날 때마다 툭하면 자기 나무
가 얼마나 자랐는지 대추와 매실은 열렸는지 보러 가자고 한다.
나무들이 일주일에 자라봤자 얼마나 자라겠니. 매주 가도 변화
가 없자, 아이들은 금세 잊어버렸다. 그런데 겨울이 지나고 가보
니 그 사이에 제법 자라 있는 것을 발견했다. 오랜만에 보는 나
무는 부쩍 커져 있고 제법 잎사귀도 많이 달려 있었다. 하지만
아이들이 기다리던 열매는 아직 한참을 더 기다려야 한다는
것을 말해줄 수밖에 없었다.

그래도 분명한 것은 조금 더 시간이 지나서 어느 가을쯤 가
보면 대추도 열려 있고, 매실도 달려 있을 것이다. 열매가 달려
있는 나무, 그리고 그것을 보며 좋아할 아이들. 그 장면만 생각

하면 벌써부터 기분이 좋아진다.

우리 인생도 그렇지 않을까 싶다. 열매 맺는 인생은 긴 시간이 필요하다. 심어놓고 바로 열매를 거둘 수 있는 것이 세상에 어디 있겠는가. 봄에 심으면 가을이 돼야 열매가 맺힌다는 것은 자연의 섭리다. 지금 너희들이 하고 있는 공부도 지금 당장 열매를 맺을 수는 없다. 대추나무처럼 기다려주고, 좀 더 좋은 열매를 맺을 수 있도록 매 순간 시간과 정성을 쏟아야 한다. 그렇게 정성으로 보살핀다면, 11월에는 충분히 너희들의 나무에 아름다운 열매가 맺힐 수 있으리라 확신하고 기대한다.

우리… 조급해하지 말고 지치지 말자! 대신 오늘도 시간과 정성을 다해 열심히 땀 흘리자. 지금 당장보다 11월을 바라보며 더 힘을 내주는 너희 모두의 모습을 기대해본다.

다음에는 우리 반 나무도 한 그루 심고 오려 한다.

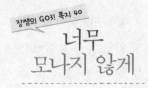

너무
모나지 않게

임종을 앞둔 늙은 스승이 마지막 가르침을 주기 위해 제자를
불렀다. 스승은 자신의 입을 벌려 제자에게 보여주며 물었다.

"내 입 안에 무엇이 보이느냐?"

"혀가 보입니다."

"이는 보이지 않느냐?"

"스승님의 치아는 다 빠지고 하나도 남지 않았습니다."

"이는 다 빠지고 없는데 혀는 남아 있는 이유를 알겠느냐?"

"이는 단단하기 때문에 빠져버리고 혀는 부드러운 덕분에 오
래 남아 있는 것이 아니겠습니까?"

스승은 고개를 끄덕이며 말했다.

"그렇다. 부드러움이 단단함을 이긴다는 것, 이것이 세상 사는
지혜의 전부다. (…) 그것을 명심하라."

_법정, 《살아 있는 것은 다 행복하라》 중

지금까지 살아오면서 내가 인생의 지혜라고 느낀 것들 중 하나를 들자면 사람이 너무 모가 나서는 안 된다는 거다. 그런데 그 '모가 난다'는 말이 애매하긴 하다. 어느 수준이면 모가 난 게 아닌지, 어느 수준이면 모가 난 건지가 두부 자르듯 분명하게 판단할 수 없는 경우가 많은 게 또 인생의 신비다. 그래서 나는 그 정도를 잘 모를 때 차라리 조금 부족한 것을 택하는 편이다. 그게 모 나지 않을 확률을 높인다고 생각해서인 것 같다. 인터넷을 아무리 검색해봐도 글쓴이가 누군지는 나오지 않는 글인데, 내가 느낀 지혜를 잘 표현하는 것 같아 일부 옮겨본다.

무엇이든 적당한 게 제일입니다. (…) 너무 똑똑하면 사람들이 너무 많은 걸 기대할 것입니다. 너무 어리석으면 사람들이 속이려 할 것입니다. 너무 거만하면 까다로운 사람으로 여길 것이고 너무 겸손하면 존중하지 않을 것입니다. 너무 말이 많으면 말에 무게가 없고 너무 침묵하면 아무도 관심을 갖지 않을 것입니다. 너무 강하면 부러질 것이고 너무 약하면 부서질 것입니다. 무엇이든 적당한 게 제일입니다.

날아가는 새는
뒤돌아보지 않는다!

새는 날아가면서 뒤돌아보는 법이 없다고 한다. 생각해보면 정
말 그렇다. 고개를 꺾고 뒤돌아보며 날아가는 새는 없다. 뒤돌아
보는 새가 있다면, 그것은 이미 죽은 새라 한다. 것 참 신기하다!

사람들도 마찬가지 아닐까 싶다. 옛날 얘기만 하는 사람치고
지금 현재 자신만의 꿈을 품고 달려가고 있는 사람은 별로 없
다. 예전에 좋았던 시간이나, 아니면 안 좋았던 시간들, 그리고
후회의 시간들…, 그 모두가 아름다운 추억일 수는 있겠지만,
사실 그 모두는 이미 지나가버린 것들이다. 거기에 파묻혀 추억
만 되새기고 있다면 내일의 가능성은 사라져버리고 말 것이다.
그러니 과거에 연연할 이유가 없다. 특히 너희들처럼 앞만 보고
달리기에도 시간이 부족한 때는 더더욱 지나간 일들에 매여서
는 안 된다. 이미 지나간 것들 때문에 의기소침하지 말았으면
한다. '가능성'이라는 푸른 희망을 품고 찾아오는 지금 이 순간

들에 전념하자.

요즘 교실이 거의 '독서실 분위기'가 나는 걸 보니 모두가 열심히 하고 있는 것 같다. 이것은 어느 한 명의 노력 때문이 아니라 모두가 서로를 배려하고 살피고, 또한 자신의 목표를 가지고 열심히 하기 때문이라고 생각한다. 이런 분위기라면, 분명 좋은 열매를 맺을 수 있다는 확신이 든다. 너희들에게 주어진 앞으로의 시간들. 정말 많은 시간이 있음을 기억하고 조금 더 힘차게 전진할 수 있었으면 좋겠다. 우리가 생각하는 대로, 우리가 말한 대로 그대로 될 거다!

오늘 50미터 달리기를 해서 많이 피곤하고 지쳤겠지만, 엎드려 자는 시간은 조금 더 줄여야 한다. 올 한 해 우리 모두의 콘셉트는 '모든 일을 계획적으로'임을 기억해라!

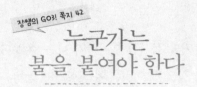

누군가는
불을 붙여야 한다

오랫동안 프로야구 팬으로 살아오다 보니, 잘나가는 팀들의 공통점을 알게 되었다. 어느 팀이든 잘하는 주전급 선수가 몇 명 있고, 비주전급 선수들이 다수 있다. 6개월 정도의 한 시즌을 치르다 보면, 선수들은 이런저런 부상에 시달리게 된다. 그럴 때, 잘나가는 팀일수록 기대하지 않았던 선수 중 누군가가 미친 듯이 잘해주는 경우가 있게 마련이다. 비주전급 선수 중 그렇게 미쳐주는 선수가 몇 명 나와야 다른 선수들에게도 자극이 되고, 모두가 동반 상승하여 팀은 4강, 정상을 향해 나아간다는 게 정설처럼 되어 있다.

3학년 담임을 하다 보면, 학기 초부터 이미 공부에 불이 붙어 있는 녀석들이 몇 명 보인다. 하지만 마음만 있고 몸은 아직 따라와주지 못하는 친구들도 있다. 고3 기간 중 한 반에서 몇 명이 공부에 불이 붙어주느냐는 전체에 미치는 영향이 아주 크다. 처음부터 활활 타오르던 녀석들 말고, 뜨뜻미지근하던 친구들 중에서 불이 붙는 학생들이 나와주어야 한다. 그것은 불붙은 그 친구는 말할 것도 없거니와, 학급의 나머지 구성원들에게도 좋은 자극을 줘서 결국 학급 전체에 좋은 영향을 끼칠 수 있기 때문이다. 만약 우리 반에 뜨겁게 불붙은 사람이 단 한 명이라면, 그 사람은 지금 이 글을 읽는 바로 '그대'이길 진심으로 바란다. 또한 '그대'가 우리 반을 활활 타오르게 할 불씨임도 잊지 말았으면 한다.

모두들 한번 곰곰이 생각해봐라. 자신에게 있어서 공부에 가장 불붙어 있던 시기가 언제였는지를. 그리고 가장 뜨겁게 타올라야 할 지금은 그때보다 얼마나 더 뜨겁게 타오르고 있는지를 말이다.

19년 동안의 학창 시절 중에 너희가 공부에 가장 뜨겁게 불붙어야 할 시기가 바로 지금이라는 사실을 잊지 않길 거듭거듭 당부하며, 모두 공부에 제대로 불붙여보자! 활활!

해야 할 일과
하고 싶은 일

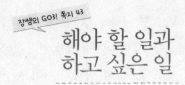

며칠 전 페이스북에서 졸업한 너희 선배의 이런 글을 보았다.

"지금 학교 시험기간인데 공부 좀 하려고 하면 날씨가 좋고, 공부 좀 하려고 하면 재밌는 드라마가 시작하고, 공부 좀 하려고 하면 배가 고파진다…"

이 글을 읽고 한참 동안 웃었다. 물론 격하게 공감했다. 왜냐하면 나도 그랬거든. 아니 이건 누구나 비슷할 것이다. 항상 맘잡고 뭣 좀 해보려고 하면 다른 것들이 눈에 들어온다는 것은 어쩔 수 없는 인간의 심리인 것 같다. 그것을 어떻게 지혜롭게 잘 극복해내느냐에 따라 본인의 생각과 계획의 실천 여부가 판가름날 거다. 《존 맥스웰의 위대한 영향력》이라는 책에 이런 글이 나온다.

세상에는 해야 할 일도 많고, 하고 싶은 일도 많다. 하지만 반드시 기억해야 할 것이 있다. '해야 할 일'과 '원하는 일'을 구분할 줄 아는 것, 그리고 '해야 할 일'을 먼저 실행에 옮기는 것, 그것이 우리가 가야 하는 길의 지름길이며 생활의 지혜다. 해야 할 일을 먼저 하는 사람은 분명히 원하는 일을 할 수 있는 날이 온다.

짧은 글이지만 너희들에게 중요한 지침이 될 거라 생각한다. 오늘 하루도 해야 할 일과 원하는 일을 구분하고, 그중에서 해야 할 일을 먼저 할 수 있는 마음이 너희들에게 있게 되길 바란다.

김연아의
엉덩방아

13년 동안 훈련을 하면서 헤아릴 수 없을 만큼 엉덩방아를 찧었고, 얼음판 위에 주저앉아 수도 없이 눈물을 흘렸다. 하지만 그런 고통이 있었기에 지금의 자리까지 한 걸음 한 걸음 올라설 수 있었을 것이다. 앞으로 어떤 어려움을 만날지 모르지만, 분명 그 뒤에는 기쁨의 눈물을 흘리는 순간들이 있을 것이라 생각한다. 이제 나는 또다시 새로운 꿈을 꾼다. '행복한 스케이터 김연아'로 살아가기 위해!

_김연아, 《김연아의 7분 드라마》 중

나의 영웅 김연아 선수가 은퇴를 할 때, 슬픈 마음보다는 더 멋진 앞날을 축복하는 마음이 컸다. 누군가를 무조건적으로 좋아하고 응원하는 것이 참 쉽지 않은 일인데, 우리나라 사람들에게 유독 김연아 선수는 그런 영웅 같은 존재였던 것 같다.

그것은 아마도 몇몇 나라들이 독식하고 있는 피겨스케이팅 세계에서 처음에는 제대로 된 지원조차 받지 못했지만, 스스로의 힘으로 일어나 꿈을 이뤄냈다는 희망 가득한 스토리가 사람들의 마음에 큰 감동을 주었기 때문이 아닐까 싶다. 우리 모두의 삶에는 상처가 있고 좌절이 있지만, 그것을 이겨나갈 수 있는 의지 또한 있다고 생각한다. 그래서 우리는 다른 사람의 성공을 통해 나도 힘을 내게 되고 희망을 품게 되는 것 같다.

2주 전 건강검진에서 혈압이 높아서 관리가 필요하다는 의사의 소견에 따라 이번 주부터 도시락을 먹기 시작했다. 현미밥과 푸르죽죽한 풀 위주의 식단이지만, 나름 도시락 먹는 재미도 괜찮다. 음식이라는 작은 것부터 조절하고 관리하면 좋아진다고 하니 작은 것부터 한번 제대로 해보려고 한다. (집에 맛있는 반찬 먹다가 담임 생각나면 언제든 가져와도 된다!)

누군가 "기적이란 천천히 이루어지는 것"이라고 말했다. "하루에 1시간씩 1년을 투자하면 무엇이든 꽤 잘할 수 있게 된다"는 마음으로 오늘 하루도 거북이처럼 우직하게 앞을 향해 걸어가보자!

세 부류의 학생

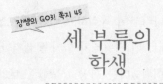

담임을 해오면서 참 많은 학생들을 봐왔지만, 어느 누구 하나 똑같은 아이들은 없었던 것 같다. 그래서 담임을 한다는 것은 늘 새롭고 어려운 것 같다. 그런데 그동안 봐왔던 학생들의 성향을 가만히 보면 크게 세 부류로 나눌 수 있을 것 같다. 각자 본인이 어느 성향의 학생인지 한번 진지하게 생각해보자!

첫 번째 부류는 담임인 내가 아무것도 해주지 않아도 알아서 잘하고, 무엇이든 열정을 다해 열심히 하는 친구들이다. 심지어 상대방의 마음까지 헤아릴 줄 안다. 이런 친구들에게는 내가 무엇인가를 해주기보다는 오히려 내가 배우고 위로를 얻기도 하기에 참 고마운 존재들이다.

두 번째는 내가 무슨 말을 해도 바로 반사되어 튕겨나오는 것 같고, 어떻게 지도를 하든 듣지 않고 자신의 생각대로 본인 하고 싶은 대로 하는 친구들이다. 정말 신기할 정도로 매년 몇 명씩은 그런 친구들이 있다. 어르고 달래기도 해보고, 심한 말로 꾸짖기도 해보지만 별로 바뀌지 않는 것 같다. 그래서 나의 교직생활을 힘겹게 만드는 존재들이다.

세 번째 부류는 그 중간자적인 성향의 친구들로 거의 대부분의 학생이다. 이 학생들은 교사가 어떻게 지도하느냐에 따라 첫 번째나 두 번째 학생 유형으로 갈 수 있어서 조심스럽다. 그렇지만 다시 생각해보면 아직 발견되지 않은 보석 같은 친구들이기도 하다.

담임을 하면서 정말 하고 싶은 것은 중간자적인 성향을 가진 세 번째 부류의 아이들을 첫 번째 성향의 아이들로 이끌어주는 일이다. 동시에 첫 번째 성향의 아이들이 세 번째 아이들을 끌어주어 모두가 협력할 수 있는 모습을 보는 것이다. 사람의 성향이 바뀌는 것은 정말 힘든 일이지만, 전혀 불가능한 것은 아니기에 그렇게 해보고 싶다.

어떤가? 본인은 어느 성향의 사람 같은가? 물론 내 주관적인 생각이기에 모든 학생을 그렇게 구분할 수 없다는 것 잘 알지만, 정말 바라기는 너희들이 학교라는 울타리를 벗어나서 대학을 가고 사회에 나가게 되고 또 어딜 가서든지 두 번째 부정적인 성향의 사람만큼은 안 되었으면 한다. 거기다 욕심을 조금 더 내보자면 누군가에게 선한 영향력을 끼치며 주변 사람들의

성향까지도 바꿀 수 있는 그런 사람들이 되길 바란다. 그렇게
된다면 세상은 너희들을 통해 더 살맛 나는 곳이 되지 않을까?

모평 끝나는 주 금요일 6, 7교시에 반별 피구대회를 한다고 한다. 상금
으로 각 반 담임들이 돈을 모으기로 했고, 1등 반은 피자를 먹기로 했
는데, 기대해도 되겠지?

6월 모의평가의
의미

그렇게 긴장하며 기다렸던 6월 모의평가가 끝났다. 6월 모의평가는 여러 가지 측면에서 의미가 있는 시험이다. 하나는 시기적으로 반환점을 돌고 있을 때이기에 의미가 있을 테고, 또 하나는 올해 입시를 준비하는 거의 모든 수험생이 처음으로 함께 시험을 보았기에 큰 의미가 있다. 그리고 수능을 주관하는 교육과정평가원에서 수능과 같은 형태로 출제한 모의평가라는 것도 의미가 있다.

많이 긴장하고 떨리는 마음으로 시험을 치렀을 텐데 모두들 고생 많았다. 이제는 그 의미 있는 시험이 본인에게 더 의미 있을 수 있도록 정리를 잘해야 한다. 6월 시험을 치르기 전과 치른 후에는 사람이 완전히 바뀌어야 한다. 시험 전에는 한 문제라도 더 맞추어서 무조건 시험을 잘 보고 싶다는 절박하고 간절한 마음으로 뜨거웠다면, 이제는 초연하게 본인의 모습을 바라보고 냉철해져야 한다.

초연한 모습을 가지지 않으면, 조금 잘 봤다고 들뜨게 되어 자만하거나 매너리즘에 빠질 수 있다. 그리고 조금 못 봤다면 본인이 그동안 해온 공부가 아무 의미 없었다고 생각하게 되거나 심지어 왜 대학을 가야 하는지 모르겠다는 철학적인 질문에 빠져 한동안 슬럼프라는 것을 겪을 수 있다. 6월 모의평가는 지금까지 학습해온 본인의 모습을 돌아보고 입시 후반부 동안 본인의 부족한 부분들을 어떻게 채워갈 것인지를 고민하는 계기의 역할만으로 충분하다.

이번 시험에서 만족스럽지 못한 결과가 나왔을 수도 있겠지만, 이 시험은 우리의 최종 목표가 아니기에 그것을 딛고 일어서서 희망을 품을 수 있는 것이 아닐까 싶다. 누군가의 플래너에 이런 글이 쓰여 있더라.

"이런 어려움 정도는 있어야 할 맛이 나지!"

역시 우리 '큰딸'다운 생각이기에 웃음이 났다.

강한 철로 다시 태어나기 위해서는 몇백 도가 넘는 용광로 속에서 연단의 과정을 통해 강철로 제련되어야 하는 것처럼 너희들은 이러한 과정을 통해 조금씩, 아주 조금씩 강해지고 있다고 믿는다. 아직 강철이 아니기 때문에 작은 시련에도 흔들리는 것이고 실수도 하는 것이지만, 분명 수능을 보기 전까지는 너희들 모두 강한 철이 되어 있을 것이다. 이번 한 주, 또 다른 모습으로 작은 시련들이 있겠지만 모두들 마음속으로 외쳐보는 거다.

"이런 어려움 정도는 있어야 할 맛이 나지!"

학원에서 보내는 시간이 유난히 많은 사람들이 있다. 시간은 없고 공부할 것은 많으니깐 절박한 마음으로 다니고 있는 것이겠지만, 시기적으로 학원을 의지하며 공부하는 것은 무리가 있어 보인다. 큰돈을 내고 다녀야 하는 학원을 얼마만큼 효율적으로 다니고 있는지 생각해보고, 수시로 점검해야 한다.

21세기형 경쟁에
대하여

내일이면 3학년 1학기 기말고사가 시작된다.

모든 점수가 석차백분율이기에 서로가 서로의 경쟁 상대일 수밖에

없는 입장이지만, 그래도 서로가 서로에게 부족한 부분을

물어보고 조금이라도 더 알려주려고 하는 모습들이

정말 보기 좋구나.

너희들의 그런 모습 속에서 '상대방을 이기는 것'만이

능사가 아니라는 진리를 발견한다. 나 혼자만 성공하기 위해

애쓰다 보면, 훗날 내가 도움이 필요한 결정적인 순간에

아무 도움을 받지 못할 수 있다. 나 혼자 성공하는 것이 아니라

내가 가진 것으로 상대를 돕고, 또 그의 도움으로 나도 함께

성공하는 것이 진정한 성공이 아닐까? "21세기형 경쟁은

경쟁자를 패배시킬 때보다 오히려 협력할 때 더 큰 이익을

가져다줄 수 있는" 서로가 윈윈하는 경쟁이다.

서로에게 더 많이 물어보고 서로에게 더 많은 도움을 주는

한 해가 되어서 모두가 함께 성공하는 시험,

그리고 수능이 되기를 희망해본다.

여름방학
보충 수업에 대하여

내가 고3이 되기 전에는 고3만 되면 밥 먹고 잠자는 것 빼고는

공부만 할 것 같다는 생각을 한 적이 있다. 하지만 막상

고3이 되고 보니 오히려 그 전보다 더 많은 시간이 주어져 있는 것

같았고, 그 시간에 물론 공부도 하긴 했지만 드라마도

많이 보고 야구장도 많이 가고 밤에 독서실에서 친구들과

나와서 소소한 재미를 맛보며 이전에 못했던 많은 것들을 했던

기억이 있다. 시간이 많이 주어진다고 공부를 효율적으로

더 많이 하는 것이 아님을 우리는 주말이라는 시간을 통해서

지금 충분히 경험하고 있을 것이라고 생각한다.

방학이라는 시간도 별반 다르지 않을 것이다. 담임으로서 너희

모두가 후회 없는 방학을 보냈으면 하는 바람이다. 물론 그것이

보충수업을 꼭 들어야 하냐 하는 문제는 아니다.

하지만 나는 어떤 상황 속에서도 누구에게든 배울 것이 있다는 마음이 있기에, 강의력이 '형편없는' 나를 포함해 학교 선생님들의 수업을 통해서도 분명 작은 도움이라도 받을 수 있으리라는 믿음이 있다. 과목별 선생님들이 세운 계획대로 방학의 오전 시간들을 보내게 된다면 너희들이 마음먹기에 따라서 큰 도움이 될 수 있을 것이라고 생각한다.

아침에 이야기한 것처럼 학교에서 오전에 선택한 수업을 듣고 오후부터 밤 10시까지 자신만의 공부 시간을 갖는 것은 나름 방학을 효율적으로 보낼 수 있는 최소한의 방법일 것이다. 지금 마음 같아서는 방학만 시작하면 밥 먹고 잠자는 것 빼고는 공부만 할 것 같은 생각이 들 수 있지만, 실제 그렇게 하는 것은 정말 쉽지 않기에 여러 상황이 모두 만족할 만한 환경은 아니더라도 아침부터 저녁까지 학교에서 함께 공부하는 것이 나름 후회 없는 방학을 보낼 수 있는 방법이라고 생각한다. 다만 시스템이 만족스럽지 못한 것은 나 역시 그렇게 생각한다. 그럼에도 최선의 방학이 될 수 있는 방법이라 여기기에 너희들에게 진지하게 고민해줄 것을 요청한다. 나도 너희들의 의견을 적극 경청하며 더 나은 합의점을 함께 찾아볼 테니까.

들을 것이 없다느니, 수업 듣는 것보다 그 시간에

자는 것이 낫다느니, 이런 얘기들은 하지 않는 것이 최소한의

예의라고 생각한다. 예전의 경험으로 너희들의 의욕을

꺾는 것만 같아서 미안한 마음이 정말 크지만,

한 사람 한 사람 동일하게 대해야 하는 담임의 마음을

아주 조금만이라도 헤아려주기를 부탁한다.

한 번뿐인 고3 생활을 위한
Daily 학습플래너

하루가 주어졌다는 것은 생각해보면 정말 감사한 일이다. 날마다 반복되는 일상에 지칠 수도 있겠지만, '오늘'은 '새로운 날'임을 기억하고 힘을 내자. 오늘의 내 모습은 어제의 결과이므로, 더 나은 내일을 위해 오늘을 충실히 살아내기를 기대한다.

쌤에게 한마디(또는 자신에게 한마디)	년 월 일 요일

구 분	내용		우선순위(중요도)	완료율	비고
	오늘, 이것만큼은 완전 집중한다!		★개수로 중요도 표시	(%)	
공부					
기타	오늘, 나에게… 내 곁에 있는 이들에게… (마음, 관계, 건강, 컨디션을 위하여)				
	예: 쓰레기 먼저 줍기				
	엄마에게 힘 내라는 문자 보내기				
	운동장 두 바퀴 걷기				
	어제 오해한 친구에게 초콜릿 사주기				

Memo

 한 번뿐인 고3!생활을 위한 Weekly 학습플래너

한 주, 금방 지나간다. 이번 주 핵심목표를 설정하고 그것을 위해 얼마의 시간을 투입하고 어떻게 공부할 것인지 구체적으로 생각해보자.

이번 주 핵심목표

과목	구체적인 공부 내용과 범위 / 계획과 방법 등	투입 목표시간						
		월	화	수	목	금	토	일
	•							
	•							
	•							
	•							
	•							
	•							
	•							
	•							
	•							
	•							
	•							
	•							
	•							
	•							

Memo

한 달이 지났다. 뒤를 돌아보는 점검과 기록은 새로운 달을 시작하기 전에 매우 의미 있는 일이다. 스스로 만족도를 체크해서 잘한 것은 더 극대화시키고 부족한 것은 보완해나가자. 관계와 마음이 편해야 공부도 잘된다. 자기 자신을 사랑하고 칭찬하는 일도 잊지 말고! 지난 한 달도 수고 많았다.

•월간 자가점검표

※해당되는 곳에 ○표를 하세요

구분	점검항목	만족도 체크				
		매우 만족	만족	보통	부족	매우 부족
공부	과목별 공부목표(분량/성적 등)를 달성했다					
	모르는 것은 확실히 짚고 넘어갔다					
	공부할 때 온전히 몰입하고 집중했다					
	주어진 시간을 잘 활용했다					
마음	마음에 안정감과 평안이 있다					
	불필요하고 좋지 않은 감정들을 잘 분출하고 해결했다					
관계	친구 간 좋은 관계를 위해서 최선을 다했다					
	갈등, 오해, 서운한 감정의 관계를 회복하기 위해 노력했다					
	가족에게 소중함과 고마움을 표현했다(월1회 필수)					
충전	나태함과 휴식을 구분하고 적절한 쉼을 통해 충전했다					
	나만의 규칙적인 운동을 통해 좋은 컨디션을 유지했다					
	나 스스로를 격려(칭찬)하며 다시 힘을 내었다					

•발전을 위한 구체적 노력

1. 위 항목 중 만족 이상에 체크된 것이 있다면 그 이유가 무엇인지 적어보자.
   특정항목에서 큰 만족감을 가졌다면, 그러한 이유를 잘 관리하고 유지해서 극대화시켜주기 바란다.

   _____

   _____

   _____

2. 위 항목 중 보통 이하에 체크된 것이 있다면 그 이유가 무엇인지 생각해보자.
   특정항목에서 부족하다고 판단되었다면, 그 이유를 잘 분석해서 수정하고 보완하는 노력을 하자.

   _____

   _____

   _____

•나에게 한 마디

이 모든 시간을 헤쳐나가는 주체는 바로 자기 자신이다. 자신을 아끼고 격려하지 못한다면, 좋은 결과를 기대하기 어렵다. 스스로를 격려하고 칭찬해보자.

   _____

   _____

이 달의 목표

Memo

4장

빨리 가려면 혼자 가고
멀리 가려면 함께 가라

바다를 함께 건너는 기러기처럼

날아가는 기러기를 본 적이 있는지 모르겠다. 기러기는 혼자서는 절대 바다를 건널 수 없다. 하지만 다른 기러기들과 함께라면 바다가 아니라 지구라도 건널 수 있다. 사람들은 이것을 '기러기 운항의 법칙'이라고 한다.

기러기들은 V자 모양으로 질서 있게 나는데, V자 대형의 꼭 짓점에 선 팀장 기러기의 날갯짓이 일으키는 바람 덕분에 뒤따르는 기러기들은 3분의 1의 힘만으로도 태평양과 대서양 같은 넓은 바다를 가볍게 건널 수 있다고 한다. 팀장 기러기가 지쳐 힘들 땐 뒤따르던 다른 기러기가 교대하는 방식의 훌륭한 팀워크로, 바다를 건너는 오랜 시간 동안 한 마리의 낙오도 없이 잘 날아서 목적지까지 무사히 간다고 한다. 정말 놀랍지 않니?

힘겨운 고3 생활을 함께 바다를 건너가는 기러기 떼에 비유한다면 무리일까. 어떤 일이든 함께하는 사람이 있다는 것은 큰 힘이 된다. 그래서인지 교실에 앉아서 공부를 하고 있는 너희들의 모습을 보면 바다 위를 건너가고 있는 기러기들의 모습이 떠오른다. 평일 저녁이나 주말에 독서실, 도서관에 가는 것보다 학교에서 함께하자고 권유하는 것은 '함께하는 것'의 힘이 얼마나 큰지 잘 알고 있기 때문이다.

좋은 분위기에 함께 있다 보면, 자신의 의지가 조금 약하더라도 그 분위기를 타서 함께 갈 수 있다. 물론 좁은 공간에 많은 사람이 함께 있다 보면 여러 가지 마찰이 있을 수도 있지만, 함께 어울리며 마찰음을 내는 것도 사람이 어우러져 살아갈 때 생기는 자연스러움 중 하나라고 생각한다. 또한 훗날 그 모든 것이 학창 시절의 아름답고 소중한 추억으로 남게 될 것이라고 믿는다.

중요한 시기인 고3을 함께한다는 것! 정말 대단한 인연이라고 생각하지 않는가? 소중한 인연으로 만난 우리들, 한 마리의 이탈도 없이 대양을 건너는 기러기처럼 우리 반에 있는 모두가 한 사람도 낙오하지 않기를 나는 기대한다. 그리고 모두의 아름다운 꿈들이 이루어지는 그날까지 함께 날갯짓하며 날아오를 것을 꿈꾸어본다.

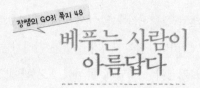

베푸는 사람이
아름답다

나는 믿는다. 내가 짓는 작은 미소 하나만으로도 다른 사람들에게 기쁨이 될 수 있음을. 내 소소한 행동 하나로 주변이 환해질 수 있음을. 내 몸의 작은 움직임으로 우리 집이, 학교가, 사회가 깨끗해질 수 있음을. 내가 하는 말 한 마디가 누군가에게 도움이 될 수 있음을.

지금은 잘 느끼지 못할 수도 있지만, 너희가 하는 따뜻한 말 한 마디, 긍정적인 의사 표현 하나가 누군가에게는 고마운 선물이 될 수 있다는 걸 잊지 말았으면 한다. 모두가 함께 앉는 벤치에서 우리가 조금만 옆으로 움직이면 다른 사람도 함께 쉬어갈 수 있는 자리가 생기는 것처럼, 우리의 인생도 그러하다.

한걸음 양보하고 마음 한 켠을 내어준다면 다른 이를 행복하게 해줄 뿐 아니라 자신에게도 큰 기쁨이 된다. 베풀고 내어줄 때 비로소 행복해질 수 있다는 것, 신비한 진리 중 하나다.

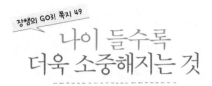

나이 들수록
더욱 소중해지는 것

나이 들수록 사랑하는 사람보다는 좋은 친구가 필요할 때가 있습니다. 만나기 전부터 벌써 가슴이 뛰고 바라보는 것에 만족해야 하는 그런 사람보다는 곁에 있다는 사실만으로 편안하게 느껴지는 그런 사람이 더 그리울 때가 있습니다. 길을 걸을 때 옷깃 스칠 것이 염려되어 일정한 간격을 두고 걸어야 하는 사람보다는 어깨에 손 하나 아무렇지 않게 걸치고 걸을 수 있는 사람이 더 간절할 때가 있습니다. (…) 어쩜 나이 들수록 비위 맞추고 사는 게 버거워 내 속내를 맘 편히 털어놓고 받아주는 친구 하나 있었으면 하는 바람입니다.

우연히 알게 된 '좋은 친구가 필요할 때가 있습니다'라는 글의 일부다. 글의 내용처럼 너희도 나이를 하나둘 더 먹게 되면 맘 편한 친구가 얼마가 소중한지 알게 될 거다. 그리고 보니 너희들에게는 평생 옆에 두고 싶은 친구가 있는지 궁금하다. 만약 아직까지 그런 친구를 만나지, 혹은 만들지 못했다면 지금 너희들 바로 옆에 있는 서로 서로에게 좀 더 잘하며 지냈으면 좋겠다! 지금 옆에 있는 그 친구들이 평생 가장 소중한 사람이 될 수도 있을 테니 말이다. 사실, 10대 생활 중 가장 어렵고 힘든 고비인 고3 시절을 함께 건너는 친구가 평생 친구로 남는다!

나 또한 너희에게 오랫동안 좋은 친구 같은 사람이기를 바라도 될까?

1000원의 행복

2년에 한 번 정도 동남아의 가난한 지역에 봉사활동을 다녀온다. 그곳에 갈 때마다 가난의 대물림과 사회의 무관심 속에서 제대로 교육받지 못하고 지낼 수밖에 없는 어린아이들을 보고 있노라면 마음이 무너지곤 한다. 학교에는 다니고 있지만 너무 오래 굶어서 수업 시간에 기절하는 아이들을 볼 때면, 어처구니가 없을 정도의 안타까움을 느끼기도 한다.

지금도 지구촌의 많은 나라에서 이제 막 세상을 보기 시작한 아이들이 극심한 영양실조로 고통받고 있다. 5초에 한 명씩 안타까운 생명의 빛이 꺼져가고 있고, 많은 아이들이 다섯 번째 생일도 맞지 못하고 죽어가고 있는 것이 현실이다.

한 달에 3만 원씩 1년이면 영양실조에 걸린 어린이 35명을 살릴 수 있다고 해서 유니세프에서 운영하는 후원프로그램에 참여하고 있다. 나는 가진 것이 많지는 않지만 나눌 수 있다는 것은 큰 기쁨이고 축복이라는 것을 느끼며 산다. 매달 지출하는 돈 중에서 이렇게 아이들을 후원하는 돈이야말로 가장 멋지게 쓰는 돈, 가장 '힘센' 돈임에 틀림없다. 그 돈이 산을 넘고 물을 건너가는 동안 커지고 또 커져 내 아이들과 그 가족들이 인간답게 살 수 있는 디딤돌이 되는 거라고 믿는다.

남을 돕는 것은 결국 자신을 돕는 일이다. 정말 그렇다. 다양한 방식으로 누군가를 돕는 사람들은 작은 것을 나눌 수 있다는 사실에 늘 감사하기에 항상 열심히 살아가고, 의미 있고 가치 있게 살아가기 위해 노력한다. 그래서 나누지 못할 때보다 훨씬 행복한 삶을 살게 된다고 한다.

사라져가는 생명의 빛을 밝히는 일에 우리 반 모두가 함께하는 것은 어떨지 조심스레 제안해본다. 한 달에 1000원씩 모아서 의미 있는 일에 동참하는 것만으로도 정말 가치 있는 일이지만, 그 일을 통해서 우리가 더 건강한 마음으로 행복하자는 취지다. 동참 여부를 반장에게 이야기해주면 고맙겠다.

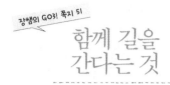

장쌤의 GO! 쪽지 51

함께 길을
간다는 것

고등학교 3학년을 좀 더 의미 있게 보내기 위해서는 같은 길을 걷고 있는 동반자의 역할도 중요하다. 누구와 함께 벗하며 가느냐에 따라 우리가 있는 곳이 천국도 되고 지옥도 될 테니까 말이다. 하지만 상대방이 좋은 동반자이기를 바라기 전에 내가 먼저 좋은 동반자가 되는 것이 우선이라는 사실을 잊으면 안 된다.

너희들 모두가 옆에 있는 친구들에게 좋은 동반자이기를 바라며, 부정적인 말보다는 긍정적인 말로 옆에 있는 동반자들에게 힘과 격려를 줄 수 있기 바란다.

어느 곳이든, 너희들이 그 자리에 있음으로써 우울해지고 부정적인 말들만 가득한 곳이 되는 게 아니라, 오히려 너희들 때문에 그 자리가 분위기가 좋아지고 밝아지는 곳이 될 수 있기를 바란다. 기억하자, 우리가 동반자라는 사실을!

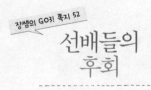

선배들의
후회

아침에 왔던 너희 선배들을 보면서 예전의 그 녀석들 모습이
생각나 입가에 미소가 떠나지 않았다. 늘 반복되는 일상 속에
서 이렇게 웃을 수 있는 일이 있다는 게 참 감사한 일이다.

사실 그 녀석들…, 작년에 나를, 아니 우리 반 전체를 정말
힘들게 했던 친구들이다. 남의 험담 좋아하고, 남이 듣든 말든
일부러 그 앞에서 흉보고…. 그 녀석들 때문에 나를 포함해서
많은 아이들이 상처받고 힘들었다. 그런데 이제 와서 한다는 얘
기가 그때 참 자기들이 어렸다고, 그때 왜 그렇게 했는지 정말
죄송하다고 한다. 그 모습을 보면서 나이를 먹고 시간이 조금
지나면 날카로운 성격도 조금은 무난해지고, 모난 부분도 둥글
둥글해지고, 남들의 입장을 조금 더 배려하고 생각하는 모습으
로 변해가는구나 싶더라.

지금은 우리 반(나는 '우리'라는 단어가 참 좋다) 모두 서로가

말은 안 해도 많이 예민하고 날카로울 때다. 이런 때일수록 서로가 서로에게 상처주지 않고, 조금만 더 상대방의 입장에서 생각하고 배려하는 멋진 모습을 우리 37명 모두가 보여주길 진심으로 바란다.

나 또한 너희들에게 말 한마디, 행동 하나하나에도 조심하며, 너희들의 입장에서 생각하며 지내도록 노력하마. 너희들도 조금만 더 애써주길!

오늘 유니세프를 통해 사랑의 마음을 나누는 일에 동참하기로 결정해 준 너희들, 모두 정말 고맙다! 반장이 우리 반 아이들 참 착한 것 같다고 교무실에서 어찌나 크게 떠들던지!

위로받는
고3 담임

고3 담임을 하다 보면 학생들이 나이를 제법 먹어서인지 내 마음을 헤아려주는 친구들을 '가끔' 만나게 된다. 그럴 때마다 내가 복이 많은 사람이란 것을 새삼 느끼게 된다. 어려운 일로 따지자면 나보다 자기들이 훨씬 더 많을 텐데도 나보고 힘내라고 오히려 위로해준다.

올해, 그 어느 해보다 의욕 있게 시작했고 너희들 졸업할 때까지 정말 열심히 지도해서 모두가 최고의 한 해가 될 수 있도록 해야겠다는 마음을 품으며 시작했었는데…. 여기저기서 들려오는 불협화음을 내 귀로 접할 때마다 솔직히 마음이 좋지 않다. 사람 사는 곳이라면 어디든지 친한 무리가 있게 마련이고, 사소한 문제로 감정이 상하기도 하지만, 그것이 도가 지나쳐버리면 하나부터 열까지 모든 것이 힘든 상황으로 치닫게 될수 있다. 누가 원인 제공자이고, 누구 마음이 얼마나 많이 상했는지보다는 이 문제를 바라보는 마음이 모두가 같았으면 한다. 너무 사랑해서 죽고 못 살 것 같아 결혼한 부부들도 각자 다른 사람이기에 함께 지내다 보면 다툼도 있고 오해도 있고 아픔도 생기게 된다.

나는 너희들 모두가 소소한 일들로 때론 아프고 상처가 있더라도, 금세 상처가 아물어 서로가 서로에게 정말 좋은 친구가 되었으면 좋겠다. 훗날 "말도 많고 탈도 많았던 우리 반!" 하며 함께 웃음 지으며 돌아볼 수 있을 날이 올 거다. 오래오래, 언제 어디서 누구를 만나도 반가움을 이기지 못해 폴짝폴짝 뛰는 너희들의 모습을 그려본다. 모두들 힘든 시기란 거 잘 알고 있다. 너희 중 내 마음을 헤아리고 위로해주는 친구들이 있듯이 나 또한 너희들의 위로자가 되고 싶구나. 우리 서로 조금만 더 이해하고 용서하자. 서로 보듬어주고 사랑만 하기에도, 우리의 시간은 모자라다.

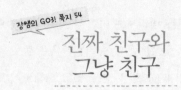

진짜 친구와
그냥 친구

10년 전에 담임했던 제자의 결혼식에 다녀왔다. 결혼식 사회를 보는 친구도, 축가를 불러주는 친구도 모두 그 시절 같은 반 학생들이었기에 예식을 보는 내내 얼마나 흐뭇했는지 모른다. 밥 먹는 것도 잊은 채 나이 서른을 바라보는 그 녀석들과 함께 사진도 찍고 얘기를 나누면서 우정의 소중함을 새삼 느끼게 되었다. 혹시 너희들은 그냥 친구와 진짜 친구에 대해서 생각해본 적이 있는지 모르겠다. 누가 쓴 글인지 모르지만, 한참을 생각하게 했던 좋은 글이라 일부를 옮겨본다.

그냥친구는 당신이 우는 걸 본 적이 없습니다.
하지만 진짜친구는 이미 어깨가 당신의 눈물로 적셔 있지요.

그냥친구는 당신의 문제들에 대해서 얘기하고자 합니다.

하지만 진짜친구는 당신의 문제들에 대해서 도와주고자 하지요.

그냥친구는 항상 당신이 자신 옆에 있어 주길 바랍니다.
하지만 진짜친구는 자신이 당신 옆에 있어 주기를 바라지요.

너희도 곰곰이 생각해보면 좋겠다. 내게 진짜 친구가 있는
지…, 그리고 나는 누군가에게 진짜 친구인지….

너희들 학창시절의 마지막인 올해, 물론 공부하는 것도 중요
하고 자기 앞가림하기도 바쁜 시기이지만, 누군가에게 진짜 친
구가 되어주는 의미 있는 한 해가 되길 나는 간절히 바라고 있
다. 5년이든 10년이든 세월이 한참 흐른 후에 우리 반 누군가가
결혼을 하게 될 때, 힘든 고3을 함께 보낸 너희들이 축가도 해
주고 내 일처럼 기뻐해주는 모습을 꼭 보고 싶구나.

너희들 결혼할 때 꼭 불러줄 거지? 좀 더 멋지게 늙어 있을 테니까 꼭
연락하길 바란다. 그때 너희들의 우정을 확인할 테다. 잊지 마라! 진짜
친구는 세월을 이긴다는 것을!

위대한 멈춤,
신성한 양보

랜스 암스트롱이라는 선수에 대해 들어본 적 있니? 미국 출신의 프로 사이클 선수인 암스트롱은 '투르 드 프랑스'라는 세계적인 사이클 대회에서 1999년부터 2005년까지 7년 연속 우승이라는 금자탑을 쌓은 선수다. 전 세계는 그를 역사상 최고의 사이클 선수로 꼽는다.

왜냐하면 그가 7년 연속 우승이라는 대기록을 세우기 전에, 고환암과 뇌와 폐로 퍼진 세포 종양으로 인해 죽을 듯한 고통과 함께 생사의 기로에 서 있었기 때문이다. 죽음에서 살아 돌아와 전설적인 기록을 세운 그에게 사람들은 '인간 승리의 신화'라 부르며 환호한다. 그는 불가능을 불굴의 투지로 이겨낸 감동적인 스토리의 주인공이다.

그런데 암스트롱의 이러한 신화 뒤에는 우리에게 잘 알려지지 않은 한 사람이 있다. 바로 얀 울리히라는 독일 선수로, 그는 암스트롱이 우승을 하는 5년 동안 계속해서 2위에 머물렀던 비운의 선수였다. 울리히에게 암스트롱은 끊임없이 연구해야 하는 숙적이자, 반드시 넘어야 할 산이었다. 그런 그에게 절호의 기회가 찾아왔다.

2003년 대회 막바지, 불과 15초 차이로 울리히를 앞서 가던 암스트롱이 경기를 구경 나온 아이의 가방에 걸려 넘어지고 만 것이다. 그를 바짝 뒤쫓고 있던 울리히에게는 신이 주신 선물과도 같은 순간이었을 것이다. 하지만 울리히는 암스트롱을 지나쳐 달려가지 않았다. 자신에게 네 번의 패배를 안겨준 선수였지만, 자신의 사이클을 멈추고 암스트롱이 일어나기를 기다렸다. 아마 울리히는 그렇게 이기는 것은 공정하지 않다고, 이기는 것도 중요하지만 자신의 멋진 승리를 위해서는 용납할 수 없는 상황이라고 생각했던 것은 아닐까?

결국 울리히는 암스트롱에게 다시 한 번 승리의 순간을 내어주고 말았고, 암스트롱은 5연패를 할 수 있었다. 사람들은 울리히의 이러한 행동을 '위대한 멈춤', '신성한 양보'라 극찬했다. 그리고 암스트롱의 우승보다 더 값진 위대한 승리이며, 스포츠맨십의 표상이자, 원숙한 인간미를 지닌 인격의 표상으로 추앙했다.

암스트롱과 울리히의 아름다운 경쟁과 우정. 이 이야기를 읽는 동안 부러운 마음과 함께 부끄러운 마음이 들었다. 나라면, 그리고 너희들이라면 어떻게 했을까? 승리의 영광만을 바라보며 눈 한번 질끈 감고 모른 척 지나쳐 갔을까? 자신이 지금 밟고 있는 페달에게 '위대한 멈춤'을 선물할 수 있었을까? 치열한 경쟁 속에서 하루하루를 살고 있는 우리에게 생각할 거리를 던져주는 이야기다.

인사 잘하는
사람의 힘

여고에 와서 놀랐던 것 중 하나는 학생들이 인사를 정말 잘하는 것이었고, 얼마 지나지 않아서 또 하나 놀란 것은 자신의 맘에 들지 않은 사람에게는 인사는커녕 찬바람 가득한 싸늘한 표정으로 스쳐 지나간다는 것이었다. 이것을 단순히 여학생들의 특성이라고 하기에는 아쉬움이 많이 남는다.

아는 분이 오랫동안 스쿼시를 해왔는데 이제 검도로 바꾸고 싶다고 한다. 그 이유는 스쿼시 체육관은 젊은 사람이 많아서 그런지 예의 없는 사람이 많은데, 검도는 예를 중요하게 여기기 때문이란다. 동방예의지국이라는 소리를 들었던 우리는 이제 인사는커녕 버릇없고 굳은 얼굴로 사람을 대하고, 위아래도 없다고 생각했던 서양 사람은 모르는 사람에게도 미소를 띠며 인사를 한다. 대학을 다닐 때 심리학 강의에서 들었던, 지금도 잊을 수 없는 교수님의 말이 있다.

"교만한 사람은 인사를 안 합니다."

그땐 그 말을 어렴풋이 이해했는데 지금은 가슴에 마구 와 닿는다. 인사는 공경의 뜻을 넘어서 인생에서 가장 기본적인, 아니 가장 중요한 예의 중 하나다. 일반적으로 인사 잘하는 사람들은 인간성이 좋다. 하룻밤만 같이 고스톱을 쳐보면 그 사람의 인간성을 알 수 있다고도 하고, 운전하는 것만 봐도 인간성이 보인다는 말도 있는데 그것보다도 더 빠르고 쉽게 인간성을 알 수 있는 방법이 바로 '인사 예절'이다. 인사 잘하는 사람 치고 인간성 나쁜 사람은 없기에 인사는 첫 이미지를 결정하고 인간성을 알 수 있는 좋은 기준이 된다. 기업에서도 사람을 뽑을 때, 실력은 기본이지만, 정말로 원하는 것은 착하고 인간성 좋은 사람이라고 한다. 아무리 실력이 있어도 인간성이 좋지 않으면 조직에 유익을 주지 못하기 때문이란다.

인간은 홀로 살 수 없는 존재다. '사람과 사람 사이'가 '인간'인 것이다. 인간성이란 좋은 인간관계를 말한다. 그것은 단순하게 사람이 좋다는 의미가 아니라 적응력, 협동심 그리고 창의성 등의 측면에서도 모든 이들에게 유익을 줄 수 있음을 뜻한다. 인사를 잘하는 사람이 좋은 인간관계를 맺을 수밖에 없는 것은 그들은 언제나 사람들의 이름을 기억해주고 칭찬해주고 잘 웃고 잘 들어주기에 사람들에게서 호감을 얻기 때문이다.

이제 얼마 남지 않은 학창 시절 동안 누구에게든 인사 잘하는 것을 너희들이 꼭 배웠으면 좋겠다. 그러면 어딜 가서든, 무슨 일을 할 때든 인정받고 사랑받는 귀한 사람으로 성장하게될 거다. 세상 모든 짐을 진 사람처럼 인상 쓰지 말자! 몸은 힘들고 정신적 스트레스는 크더라도 늘 밝고 긍정적으로 인사를 주고받을 수 있다면 우리의 삶은 훨씬 더 행복해질 것이라 믿는다. 오늘도 밝고 힘차게, 힘내자!

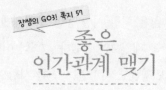

좋은
인간관계 맺기

미국 카네기 공대 졸업생들을 대상으로 성공의 비결에 대한 설문조사를 했다. 그리고 그 결과는 다음과 같았다.

"성공은 전문적 지식과 기술 15퍼센트, 그리고 좋은 인간관계 85퍼센트로 이루어져 있다."

소위 성공했다는 사람들에게 보이는 공통점 중 하나는 작은 일에도 소홀하지 않고, 사적으로나 공적으로나 여러 사람과 좋은 관계를 맺어왔다는 것이다. 그들은 특히 세 가지 방문을 잘했다고 알려져 있는데, 바로 '입의 방문', '손의 방문', '발의 방문'이 그것이다.

'입의 방문'은 말로 상대의 마음을 풀어주고 칭찬을 통해 용기를 주는 것이다. '손의 방문'은 글로 자신의 진솔한 마음을 전달하는 것이고, '발의 방문'은 어려움에 처해 있을 때 직접 찾아가 도움을 주는 것이다.

나도 종종 친구들에게 또는 선후배에게, 그리고 제자들에게 편지도 쓰고 메일도 보내고 휴대폰으로 문자메시지도 보내곤 한다. 어떤 대답을 받고자 보낸 것은 아니지만, 고맙다고 답장을 하며 안부를 물어오는 사람이 있으면 반갑고 더 관심이 간다. '손의 방문'에 반응해주는 사람에게는 '입의 방문', 더 나아가 '발의 방문'까지 하고픈 마음이 든다. 물론 반응이 없다 하더라도 끊임없이 내가 방문하고 싶은, 사랑하고 아끼는 사람이라는 점에는 큰 차이가 없을 테지만 말이다.

너희들 곁에도 친구들이 있을 거다. 항상 옆에 있을 것만 같겠지만, 이제 사회에 나가면 생활하는 공간이 달라지면서 조금씩 멀어질 수도 있다. 멀어지지 않더라도 지금처럼 자주 만날 수 없게 될 수도 있다. 그리고 시간이 좀 더 지나면 지금 옆에 있는 친구의 소중함을 알게 되는 순간이 찾아오기도 할 거다. 하지만 우리에게 '손'과 '입'과 '발'이 있다는 사실을 잊지 말자. 자주 만날 수 없더라도 어려운 일이나 좋을 일이 있을 때면 만사 제치고 손으로, 입으로, 발로 방문하는 사람으로 성장했으면 좋겠다.

내가 먼저 관심을 갖지 않으면 누구도 내게 관심을 가져주지 않는다는 것을 기억하며, 항상 어디에서든 좋은 인관관계를 맺고 사는 우리 반 모두였으면 좋겠다.

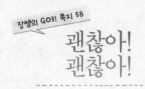

괜찮아!
괜찮아!

"괜찮아! 괜찮아!"

반 대항 피구 경기에서 아깝게 진 순간 우리 모두가 한 마음으로 외쳤다.

"괜찮아! 괜찮아!"

얼마 전 체육관에서 어이없이 공 한 방을 맞고 나가떨어졌을 때, 마룻바닥에 누워 얼굴을 감싸고 이 난국을 어떻게 수습해야 하나 고민하다가 너희들의 외치는 이 소리에 겨우 일어날 수 있었다.

"괜찮아! 괜찮아!"

난 이 말을 들으면 마음이 괜스레 두근거린다. 특히 여럿이 한 목소리로 외칠 때면 더더욱 그렇다. 이 말 속에는 우리가 모르는 신비한 힘이 숨어 있는 듯하다.

지금은 돌아가셨지만, 영문학자이자 수필가인 장영희 선생님도 이 말에 큰 위로와 힘을 얻으셨나 보다.

'그만하면 참 잘했다'고 용기를 북돋아주는 말, '너라면 뭐든지
다 눈감아주겠다'는 용서의 말, '무슨 일이 있어도 나는 네 편
이니 넌 절대로 외롭지 않다'는 격려의 말, '지금은 아파도 슬
퍼하지 말라'는 나눔의 말, 그리고 마음을 일으켜 주는 부축의
말. 세상 사는 것이 만만치 않다고 느낄 때, 죽을 만큼 노력해
도 내 맘대로 일이 풀리지 않는다고 생각될 때, 나는 내 마음
속에서 '괜찮다'는 작은 속삭임을 듣는다. 그래서 '괜찮아'는 이
제 다시 시작할 수 있다는 희망의 말이 된다.

_장영희, 《살아온 기적, 살아갈 기적》 중

　요즘 상담을 하면서 이런저런 많은 생각 때문에 힘들어하는
너희들을 본다. 내가 해줄 수 있는 것이 많이 없고 등급이나 백
분율 등의 숫자만 보고 상담을 해야 하는 것이 너무 미안해지
는 순간이기도 하다. 하지만 항상 마음속으로 너희들을 응원하
고 격려하며 정성을 다해 기도하고 있는 것 알지? 그래서 오늘
도 너희에게 이렇게 얘기하고 싶다.
　"괜찮아! 조금만 참자, 이제 다 괜찮아질 거다."
　자기 자신에게, 그리고 옆 친구에게 진심어린 마음으로 "괜찮

아"라는 말을 건네며 한번 안아주는 건 어떨까. 작은 행동이 친구와 본인 모두에게 큰 위로와 격려와 힘이 되는 것을 느낄 수 있게 될 거다.

너희에게 큰 격려를 보내며 주말 계획표를 만들어보았다! 2시까지 부반장에게 제출해주길!

인연

우리가 매 순간 만나는 모두가 인연의 대상이다. 인연이라고 하면 거창하게 들릴지도 모르겠다. 하지만 지금 잠시 스쳐 지나가는 누군가라 할지라도 그것은 인연이다. 다만 그냥 지나쳐버려 평생 동안 다시 만나지 못하는 경우도 있고, 인연이 맺어져 평생을 동행하는 수도 있다는 차이만 있을 뿐이다.

그 많고 많은 인연 중에는 좋은 인연도 있고 나쁜 인연도 있다. 나는 너희들이 '인연을 살려내는 사람'이 되었으면 좋겠다. 매 순간 스쳐 지나가는 많은 인연 중에 자신에게 좋은 인연을 몰라봐서도 안 되고, 좋은 인연인 줄 알면서 놓쳐서도 안 된다. 좋은 인연을 스스로 포기하는 것은 나이가 들고 복잡한 세상을 헤쳐가야 할수록 더더욱 해서는 안 될 일이다. 어떤 인연이되었든지 간에 인연을 중히 여기며 살아가길 바란다.

어리석은 사람은 인연을 만나도 몰라보고, 보통 사람은 인연인

줄 알면서도 놓치고, 현명한 사람은 옷깃만 스쳐도 인연을 살

려낸다.

_피천득, 《인연》 중

지난번에 그런 얘기를 한 적이 있다. 우리 반은 개성이 강하면서도, 좋

은 아이들이 많이 있는 학급이라고. 이곳에서 평생의 좋은 인연이 될

만한 친구들을 많이 사귄다는 것은 큰 복이다. 그 큰 복을 마음껏 누

릴 수 있기를 바란다.

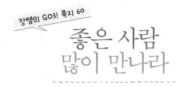

좋은 사람 많이 만나라

삼인행필유아사三人行必有我師.

《논어》에 나오는 말인데, 세 사람이 같이 가면 그중 반드시 나의 스승이 있다는 뜻이다. 쉽게 이야기하면 누구에게든 배울 점이 있다는 얘기다. 지금 너희들은 누구의 영향을 가장 많이 받고 있는가? 앞으로 어떻게 살아가야 하는지를 누구를 통해서 가장 많이 배우고 있는지 참 궁금하다.

통계자료에 따르면 십대 시절 가장 영향을 많이 받는 사람은 친구라고 한다. 그래서 지금 자기 옆에 어떤 친구가 있느냐는 매우 중요하다. 그리고 한편으로는 같은 또래에게 받은 영향으로 삶의 중요한 결정을 해나간다는 것이 어찌 보면 위험하지 않을까 하는 생각도 든다. 초등학생일지도 모르는 사람이 남겨놓은, 인터넷에 떠돌아다니는 정보를 전부인 양 믿는 것처럼 말이다. 나는… 앞으로 너희들의 삶 가운데 정말 좋은 사람들이 많이 있길 바란다. 그것이 친구이든, 스승이든, 선배이든, 어쩌다 알게 된 사람이든 말이다. 너희들의 삶을 함께 고민하며 자신의 일인 것처럼 도와줄 수 있는 영향력 있는 사람. 그런 좋은 사람을 많이 만날 수 있는 삶은 아마도 이전보다 훨씬 더 가치 있는 인생이 될 수 있으리라 생각한다.

지난주에 대학 다닐 때 가장 친했던 친구가 학교에 다녀간 적이 있다. 나에게 가장 많은 영향을 끼친 친구였다. 그 친구의 좋은 모습들을 보며 알게 모르게 많이 닮아가기도 했고, 또 그렇게 하려고 노력하기도 했다. 그래서 늘 고마운 마음이 드는, 나에게 좋은 영향력이 된 친구다.

너희도 살면서 다양한 사람들을 만날 게다. 이 사람이 내게 좋은 영향을 미칠지는 한두 번의 만남으로는 알 수 없다. 여러 번 만나다 보면, 자꾸 만나고 싶은 사람이 생기기 마련이다. 하지만 그 사람의 차림새나 화술과 같이 겉으로 보이는 모습으로만 사람을 판단한다든가, 그 사람이 가진 직업만으로 사람의 가치를 판단하는 어리석은 사람이 되지는 말아야 한다.

어린아이에게서도 배울 것이 있고 같이 길을 걷는 사람 중에도 스승이 있다는 말을 기억하는 동시에, 인간의 삶이 항상 배우면서 살아가야 하는 과정이라는 것을 잊지 말아야 한다. 내가 겸손해질 때 나의 삶도, 이 세상도 더욱 밝아질 것이라는 사실을 기억하고, 작은 것 하나에도 무엇인가를 배울 수 있는 너희들이었으면 좋겠다. 그리고 인생의 좋은 스승을 많이 만나서 더욱 가치 있고 의미 있는 인생을 살아가는 너희들이었으면 좋겠다.

1. 지난번에 얘기했던 즉석떡볶이. 이번 주 '놀토'에 점심으로 어때? 어디서 공부를 하든 어차피 점심이야 먹어야 할 거고, 한 시간 정도면 충분할 것 같은데. 아래 중 의견을 모아주기 바란다.

   ① 교실에서 먹는다(가스, 냄비가 필요함).

   ② 가게에 가서 먹는다.

   ③ 안 먹는다.

2. 니들은 힘들게 공부하는데 나는 맨날 먹고 놀 생각만 하는 것 같다.

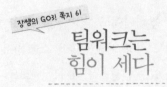

팀워크는
힘이 세다

내가 프로야구 마니아라는 건 모두들 알고 있을 것이다. 나는
해마다 봄이 되면 새 학년이 시작되는 기대감과 더불어 새로운
프로야구 시즌이 시작하는 즐거움에 설렌다.

새 시즌이 시작하기 전, 전문가들은 저마다 올해 각 팀의 성
적을 예상한다. 그런데 그 예상이 그대로 들어맞는 경우는 많
지 않다. 경기를 하다 보면 성적을 결정짓는 수많은 돌발 변수
들이 시시때때로 등장하기 때문이다. 예상대로 모든 것이 진행
된다면 어디 세상 살맛이 나겠는가! 예상이 뒤엎어지기 때문에
그 속에 감동이 있는 것 같다.

프로야구는 한국시리즈라는 경기를 통해 올해의 팀이 결정
된다. 그런데 한국시리즈에서 우승하는 팀을 살펴보면, 무엇보
다 선수들 모두가 승리를 향한 열망으로 똘똘 뭉쳐 있다는 공
통점을 발견할 수 있다. 개인의 기록도 중요하지만, 다양한 기

량의 선수들이 모여 팀을 위해, 승리를 위해 저마다 노력할 때 그 팀은 천하무적이 된다. 거기에 훌륭한 개인 성적이 뒤따라오는 것은 당연한 일이다. 팀이 강하면 개인도 강해진다. 이런 강력한 팀워크로 우승한 선수들이 서로 부둥켜안고 울고 웃는 모습을 보면, 내가 응원하는 팀이 아닐지라도 감동의 눈물이 맺히곤 한다.

우리도 마찬가지다. 팀워크로 똘똘 뭉친 학급에게는 좋은 결과가 있을 수밖에 없다. 작은 다툼으로 문제가 생기기 시작하면, 그것이 단순히 개인적인 문제에서 끝나는 것이 아니라, 학급 전체 분위기까지 좋지 않은 방향으로 이끈다. 개인적으로도 좋지 않은 감정을 쌓아두고 있으면, 공부와 입시에 좋지 않는 영향을 미치는 것은 두말할 필요가 없다.

모두가 예민하고 민감한 시기이지만, 조금씩 양보하고 배려하며 최고의 팀워크를 가진 학급이 될 수 있도록 서로서로 애써주면 좋겠다. 그래서 수능 직후 우리 반 모두가 각자의 바람대로 잘되어서 부둥켜안고 기쁨을 함께 누릴 수 있으면 좋겠다는 마음이 간절하다. 각자의 모습은 조금씩 부족하지만, 서로의 부족한 모습을 지적하고 비난하는 것이 아니라, 서로 감싸주고 안아주고 이해하며 올 한 해를 보낸다면 우리에게도 그러한 영광을 맛볼 수 있는 시간들이 분명 올 것이다.

우리 반이 강해졌을 때 개개인의 성적도 강해질 수 있음을 기억하고, 서로가 경쟁자가 아니라 동반자의 입장에서 올 수능이 끝났을 때 모두 웃음 지을 수 있는 멋진 팀이 되었으면 좋겠다. 올 한 해, 최고 팀워크를 자랑하는 우리 반을 꿈꾸어본다. 나부터 헌신하겠다. 너희를 믿는다!

1. 이번 한 주도 계획적으로 시작해보자! 성공한 사람들의 공통점은 계획이라고 하더라.

2. 가끔씩 스케줄러에 붙어 있는 포스트잇을 통해 이런저런 얘기들을 해주는데 정말 나에게도 큰 힘이 된다. 고맙다!

멀리 가려면
함께 가라

사람 사이에서 가장 중요한 것으로 신뢰를 꼽는 이가 많다. 그
런데 사실은 상대가 신뢰를 해주기를 바라는 말이다. '나는 그
것을 중히 여기니 내게 그래 달라…'인 것 같다. 신뢰는 쌍방이
다. 나만 신뢰한다고 되는 일이 아니다. 그가 나를 신뢰한다고
믿어지는 것도 아니다. 둘이 함께하고 둘이 믿어야 한다. 그래
서 더 어렵고 그래서 더 귀하다.

_이종선,《멀리 가려면 함께 가라》중

많은 사람들은 '친구'를 정도에 따라, 상황에 따라, 깊이에 따
라, 여러 가지로 표현하고 정의한다. 내 모든 상황이 좋을 때의
친구도 있지만, 겹친 불운 속 힘든 시기를 함께하는 친구도 있
다. 또 부족하고 모자란 나의 모든 것을 잘 알고 있지만, 그럼에
도 불구하고 나를 좋아해주는 친구도 있다.

어떤 모습으로 친구를 정의하든, 친구가 되기 위해 가장 필요한 것은 신뢰다. 그것도 서로를 향한 신뢰가 필요하다. 둘이 함께하고, 둘이 서로를 믿어야 한다. 그 아름다운 모습은 어렵고 힘들고 불행할 때 더욱더 잘 나타난다.

"친구란 '내 슬픔을 등에 지고 가는 자'라는 뜻이다"라는 인디언 속담이 있듯이, 서로 믿고 신뢰하고 평생 볼 수 있는, 서로의 희로애락까지도 함께할 수 있는 친구들을 이제 얼마 남지 않은 학창 시절 동안 많이 만들어보자.

자리를 바꿀 때마다 이런저런 얘기들이 많이 있지만, 늘 얘기하듯이 서로가 민감한 시기이니깐 조금씩 곁에 있는 사람들 배려하고 생각하는 마음이 필요하다. 혼자 지내는 곳이 아니라는 것을 잊지 말고 팀워크가 깨지지 않도록 애써주기 바란다.

오케스트라
앙상블처럼

오케스트라 연주를 본 적이 있다. 음악을 좋아해서인지는 몰라
도 연주 내내 정말 행복했다.

곡에 따라 다르겠지만, 연주 중 제일 바쁜 악기는 보통 바이
올린이다. 연주가 시작되고부터 끝날 때까지 쉴 새 없이 연주를
한다. 첼로나 비올라와 같은 악기도 바쁘다. 반면 심벌즈나 팀
파니 같은 악기들은 보통 가끔씩 연주된다. 그리고 적게 연주되
든 많이 연주되든 다양한 악기들의 소리가 어우러져 멋진 앙상
블을 만들어낸다. 많이 연주한다고 힘들어하지 않고 가끔 연주
한다고 긴장을 놓지 않고, 모두가 같은 마음으로 긴장하며 함
께할 때 비소로 그 음악을 듣는 사람들에게 큰 감동을 선사할
수 있다.

오케스트라 연주를 들으며, 같은 울타리에 있으면서 각기 다
른 목표를 가지고 공부하고 있는 너희들이 생각났다. 생각이 다

르고 꿈이 다르고 각자의 역할이 다르지만, 모두가 각자의 자리에서 최선을 다하는 모습이 있을 때, 훗날 "그때 우리 정말 좋았다"라고 이야기할 수 있지 않을까?

언젠가 신문에서 우리나라 학생들이 공부는 세계 최고 수준인데 남과 더불어 사는 능력은 꼴찌라는 연구결과를 본 적이 있다. 경쟁위주의 입시교육이 학생들의 공동체 의식을 약화시켰다고 진단했던 그 기사가 너희들에게는 해당되지 않기를 바란다.

내 소리만 잘 나면 되고 나만 아무 문제없으면 된다는 생각은 결국 자신에게 독이 된다. 우리는 함께 연주하는 오케스트라다. 나 혼자만 잘되기 위해서 애쓰는 모습보다는 남은 기간 동안 각자의 자리에서 자신이 할 수 있는 최상의 연주를 부탁한다.

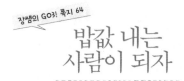

밥값 내는
사람이 되자

봄가을이면 여기저기에서 결혼 청첩장이 날아든다. 그래서 주말이면 바쁘기도 하고, 주머니 사정도 어려워진다. 우리네 정서상, 누군가에게 초대를 받으면 참석을 하든 못하든 물질의 성의인 부조를 하게 된다. 기쁜 마음에서 하는 경우도 있지만, 형식적으로 하게 되는 경우도 많다. 나 역시 다음 나의 행사가 있을 때 되돌려 받을 것이라는 생각을 가지고 부조한 적도 있었던 것 같다.

부조뿐만 아니라 친구 사이에도 내가 이번에 밥 한 번 사면 다음에는 그 친구가 한 번 사는, 일종의 암묵적 '거래'가 형성되어 있다. 이건 세대 간에 차이가 있기는 하다. 밥값을 낼 때 10대와 20대는 얼마씩 걷으면 되는지 이야기를 하고, 30대와 40대는 서로 내겠다고 몸싸움을 하고, 그 이상 어르신들은 계산할 때쯤 화장실을 가거나 신발 끈을 다시 묶거나 꾸벅꾸벅

존다고 하더라. 너희는 벌써부터 계산할 때 졸고 있는 건 아니겠지? 여하튼 사람들은 인간관계에서 최소한의 도리라는 것을 생각하며 서로 돌아가며 밥을 사는 것이 일반적이다.

'최소한의 도리'라는 것은 돈을 낼 때만 있는 것이 아니라 관계에서도 있다. 담임인 내가 이 정도 하면, 아이들은 최소한 이 정도 해야 하는 것은 아닌가 하는 생각을 가끔 해본 적이 있다. 출근 시간이 8시인데 '담임이 매일 일찍 나오면 학생들도 일찍 나오겠지'라는 생각을 한다든가, '담임이 저녁에 집에 가지 않고 학교에 남아 있으면, 또는 토요일에 쉬지 않고 학교에 나오면 학생들도 좀 더 열심히 공부해주지 않을까'라든지…. 여러 상황 속에서 '담임이 이렇게 하면…' 하는 마음에서 나온 기대만큼 해주지 못하는 몇몇 녀석들을 보면 괘씸하다고 생각하다가, 그런 어이없고 속 좁은 생각을 하는 내 모습에 혼자 쓴웃음을 짓기도 한다.

무언가 준다는 것은 그냥 아낌없이 줄 때 의미가 있다. 준다는 것은 상대편을 위해서 아무런 조건 없이 내 것을, 내 마음을 주는 것이다. 되돌려 받으려는 마음은 애초부터 갖지 않는 게 좋다. 주는 마음에 되돌려 받으려는 뜻이 내포되어 있다면, 그 마음은 순수함이 부족한 것이 아닐까 싶다.

너희들이 지금 아무런 조건 없이 매달 1000원씩을 내기로 하면서 누군가의 삶을 지켜주려 하는 것처럼 늘 주는 인생을 살 수 있게 되기를 바란다. 그것은 우리가 풍족해서 주는 것이 아니라, 오히려 내가 부족하지만 어떤 이해타산이 들어가 있지 않은 순수한 마음으로 그 상대편을 생각해서 주는 것이다. 사랑이 싹틀 때 상대방에게 무엇인가 아낌없이 주고 싶다는 마음이 생기는 것과 같이, 내어주는 마음에는 조건이 없어야 한다. 이런 말이 있다.

"친구를 만나 밥 한 끼 사는 것은 우정을 사는 것이다! 동료에게 점심 한 끼 사는 것은 화애和靄를 사는 것이다! 가족, 친지에게 저녁 한 끼 대접해드리는 것은 행복을 사는 것이다!"

보상이나 대가를 바라지 않고 그냥 준다는 것에 만족하고 그 속에서 의미를 찾고 살아가는 아름다운 너희가 되길 바란다. 그리고 이번 한 주, 매점에 가서 친구들 과자 값 한번 내줘봐라. 그러면 너희들 기분이 더 좋아질 테니! 기분 좋은 한 주 되자!

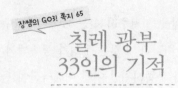

칠레 광부
33인의 기적

2010년 칠레의 지하 700미터 광산에 매몰됐던 33명의 광부들 이야기를 혹시 알고 있니?

처음에는 모두가 죽었다고 판단했지만, 69일간의 사투 끝에 모두 살아서 돌아왔던 기적이 또렷이 기억난다. 사람들을 구조하기 위해 캡슐이 투입되었고, 한 사람씩 구조하는 작업은 22시간 만에 끝날 수 있었다고 한다. 지하에서 첫 번째로 캡슐을 타고 땅 위로 올라온 광부부터 마지막으로 올라온, 리더였던 광부까지 33명 전원이 무사했다.

이들이 살아 돌아올 수 있었던 가장 중요한 원동력은 매몰된 광부들 스스로가 지녔던 '살 수 있다'는 믿음과 희망이었다고 한다. 그것 없이는 그 어떤 첨단장비도, 국민의 열망도, 정부의 지원도, 리더십도 빛을 발할 수 없었을 것이다. 결국 절망하지 않는 한 살 수 있는 것이다.

극한의 공포 속에서도 이들은 '오락반장'을 정하는 등 역할 분담을 하며 삶에 대한 희망의 끈을 놓지 않았다고 한다. 물론 혼란과 동요가 있었겠지만 이기심보다 이타심, 분열보다 단결이 먼저였다. 심지어 구조된 후 인터뷰나 영화·출판 제안을 받게 될 경우 거둘 경제적 이익을 33등분하자는 합의까지 했다고 하니, 사후에 있을지 모를 갈등까지 사전에 차단하려고 한, 멋진 팀워크였다. 만약 단 한 사람이 지하 700미터에 갇혔다면 어땠을까? 아마도 무사히 생환하지 못했을 가능성이 클 것이다.

이처럼 혼자가 아니라 우리일 때 가능한 일들이 참 많이 있다. 우리 반도 그러하다. 반장과 부반장의 리더십, 그리고 모두의 팀워크가 잘 어우러진다면 혼자 할 때보다 우리가 함께할 때 더 좋은 결과가 있다는 것을 확인할 수 있게 될 거라고 믿는다. 서로에게 짜증나고 힘든 일이 있다면, 그 사람을 탓하기보다 오히려 그 사람을 탓하고 있는 자신의 모습을 돌아보기 바란다. 단 한 사람도 낙오하지 않도록, 각자가 할 수 있는 가장 최선의 모습으로 마지막까지 '할 수 있다'는 희망을 잃지 말고 애써보자.

33명 모두가 기뻐 날뛰는 칠레 광부들의 모습 속에서 우리 반 모두가 함께 뛰며 기뻐하는 장면을 떠올려본다. 힘내라!

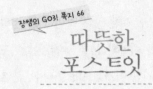

따뜻한
포스트잇

얼마 전 재밌는 통계자료를 본 적이 있다.

힘들고 지칠 때 누구와 이야기하며 가장 큰 위로와 힘을 얻는가라는 질문에 선생님과 부모님은 각각 2.4퍼센트, 7.8퍼센트에 그쳤고, 대부분은 친구를 통해서 위로와 힘을 얻는다고 답했다. 어쩌면 당연한 결과다. 사실 나 또한 그랬으니까. 먼저 세상을 살아온 사람보다 현재 같은 상황을 함께 겪고 있는 친구들의 한마디가 더 큰 영향을 끼치고 있는 것이 현실이다. 하지만 교사로서 선생님에게서 위로와 힘을 얻는다는 답변이 너무 낮은 것이 아쉽기는 하다.

그러고 보니 지금 내가 쓰고 있는 이 글도 결국은 너희들에게 힘과 위로가 되어주고 싶은 마음에서 시작한 건데, 어쩌면 아무 쓰잘머리 없는 일을 지금 내가 하고 있는 것은 아닐까 하는 생각이 들면서 힘이 빠진다….

그래서 오늘은 미션을 모두에게 주려고 한다. 내 글보다도 너희들이 서로에게 하는 말이 더 큰 위로와 힘이 될 수 있다는 생각에서, 오늘 붙여놓은 포스트잇에다 학급의 모든 아이들에게 힘과 위로를 건네는 편지를 써서 내일 플래너에 붙여서 제출하는 것이다. 그것을 가지고 어떤 방법으로 모두와 나눌지는 내가 고민할 테니. 포스트잇의 크기가 너무 작으면 본인 것을 붙여도 된다. 진심으로 성의를 다해 작성해 주변의 친구들에게 진정한 위로와 힘이 되어줄 수 있기 바란다.

반장, 부반장에게
힘을 실어주자

오늘 날짜로 학사 일정상 1학기가 끝이 났다.

내일부터는 본격적인 2학기의 시작이다.

이토록 빨리 지나가버리는 시간이 늘 야속하지만,

3학년 담임을 하다 보면 광속같이 빠른 이 시간에

늘 적응을 해야만 한다.

지난 한 학기 동안 우리 반 반장, 부반장 정말 수고 많았다.

잘해야 기본이고 조금만 실수해도 온갖 욕을 먹게 되는

자리였으리라. 본인 공부 신경 쓰랴, 반 분위기 신경 쓰랴,

이런저런 소소한 일들 신경 쓰랴, 얼마나 마음이 힘들었을지

짐작이 간다. 너희 둘에게 고맙다는 말을 전한다.

이제는 무거운 짐 내려놓고 중심에서 한발 떨어진 곳에서

학급 구성원의 역할을 묵묵히 잘해주길 바란다.

그리고 2학기 반장, 부반장. 벌써부터 여러 가지 일들로 힘겨워하는

모습에 미안한 마음, 그리고 고마운 마음뿐이다.

자리가 사람을 만든다고 생각한다.

반장, 부반장 자리가 쉬운 자리는 결코 아니지만 두 명이

충분히 감당할 수 있고 잘해내리라 믿는다.

물론, 우리 반 모두가 동일한 마음으로 함께해주기 바란다.

주번을 하다 보면 안 보이던 교실의 쓰레기가 보이고

지저분한 칠판이 보이기 시작하듯이, 반장, 부반장이 되면

그동안 보이지 않았던 수많은 일들 때문에 많은 어려움을

겪게 된다. 모두에게 부탁한다. 모두가 힘겨운 시기에

어려운 직책을 맡고 있는 두 사람에게 힘을 실어주길 바란다.

학년 초부터 관계에 대해서 강조했지만 그다지 친해보이지는

않아서 조금 속상한 부분이 있다. 하지만 서로가 지킬 것은

지키고 배려하고 존중하는 분위기가 남은 80여 일 동안

우리 교실에 있기를 바란다. 사람 습성이야 쉽게 바뀌겠냐만

말 한마디, 자습 분위기, 그리고 관계 등에서 본인이 조금

손해 본다고 생각하면 다 잘되리라 생각한다.

우리 학창 시절의 마지막 2학기다. 반장과 부반장이 기쁘게

자신의 역할을 감당할 수 있도록, 나를 포함해서

우리 모두가 같은 마음으로 도와주기를 바란다.

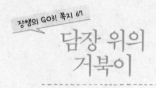

담장 위의
거북이

미국 흑인 노예들의 처절한 삶을 그린 《뿌리》의 작가 알렉스 해일리의 사무실에는 이상한 그림이 하나 걸려 있었다고 한다. 거북이 한 마리가 높은 담장에 올라가 있는 그림이었는데 사람들은 이 그림을 볼 때마다 이렇게 질문을 했다고 한다.

"왜 이런 그림을 사무실에 걸어놓았소?"

그러면 헤일리는 이렇게 대답했다고 한다.

"난 내가 쓴 작품을 볼 때 '어떻게 이런 위대한 글을 쓸 수 있었는가, 어디서 이런 영감을 얻을 수 있었는가' 하고 생각하면서 스스로 교만해질 때가 있습니다. 그럴 때마다 저는 저 그림을 보고 생각합니다. '저 거북이가 제힘으로 스스로 저 높은 담장에 올라갈 수 있었을까? 아니야, 분명 누군가의 도움으로 올라갔을 거야. 내가 이렇게 올라올 수 있었던 것은 나 혼자만의 힘이 아닌, 내 가족과 주변의 많은 사람들의 도움이 있었기 때문이야.' 이런 생각을 통해 교만해지지 않고 항상 감사하는 마음을 잊지 않으려고 노력합니다."

우리는 태어나면서부터 한 가족의 구성원이 되고 그 구성원으로 평생을 살아간다. 그것은 피할 수도 없고 피하려 해도 안 되는 운명이다. 한 가족이기 때문에 누릴 수 있는 혜택도 무한하지만, 가족 간에 서로가 지켜야 할 도리 또한 무한하다. 가족이라는 것, 내가 누구와 한 가족이라는 것! 듣기만 해도 참 가슴 설레는 단어 아닌가? 조금 더 손해 보고 조금 더 힘들더라도, 그것을 용납하고 이해해야 하는 것이 가족이 아닐까 싶다.

"가족들이 서로 맺어져 하나가 되어 있다는 것이 이 세상에서의 유일한 행복이다"라는 퀴리 부인의 말이 너희 모두에게도 와 닿았으면 좋겠다. 또 가족 중 누군가에게 받은 상처나 아픔이 있다면, 넓은 마음으로 더 많이 용서하고 더 많이 이해해주는 우리 모두이기를 바란다. 왜냐하면 너희들의 지금 모습은, 지금 가진 것들은 '담장 위의 거북이'처럼 혼자의 힘으로는 절대 불가능했기 때문이다.

고3이라는 예민하고 민감한 시기여서 여느 때보다 짜증도 나고 신경질적이 될 수는 있지만, 항상 가족과 옆에 있는 많은 사람들, 그리고 주변의 환경에 감사하는 마음을 가질 수 있었으면 좋겠구나.

어제 우리 집 녀석들과 함께 서울시청 도서관에 갔는데, 그 많은 책들을 본 우리 아이들의 반응이 재밌었다. 평소에 책을 많이 읽는 녀석은 읽을 책이 엄청 많다고 하고, 평소에 책을 읽지 않는 녀석은 그 많은 책을 보면서 읽을 책이 하나도 없다고 하더라. 둘 다 맞는 말이지? 우리네 인생이 그렇다. 그래서 무엇을 어떻게 바라보아야 하는지가 무엇보다 중요한 거 같다.

우리는 모두
빚진 자들이다

과자, 케이크, 도넛, 아이스크림…. 졸업생들이 나를 찾아올 때 후배들 간식을 챙겨온다며 들고 오는 것들이다. "그냥 오지 그랬냐?" 하고 물으면 "그동안 저희도 선배들에게 얼마나 많은 것을 받았는데, 어떻게 그냥 와요?"라고 한다. 참 감사한 일이다.

받는 것을 당연하게 생각하지 않고 고마워할 줄 아는 마음을 가진 것도 감사하고, 또 선배들의 모습을 본받아 후배들을 챙겨줄 수 있는 넉넉한 마음이 있는 것도 감사하다. 받은 사랑을 나누어주는 너희 선배들의 모습을 보며 내가 더 배우게 된다.

지금 이 순간, 너희들 주변의 사람들을 떠올려봐라. 가족들, 친지들, 친구들…. 그리고 그들이 얼마나 소중한지, 그들을 얼마나 아끼고 사랑하는지, 그리고 그들에게 얼마나 많은 마음의 빚을 지고 있는지도 천천히 생각해봐라.

실제로 큰 사고를 당한 많은 이들은 사고당하는 그 순간 자신의 주변 사람들을 마음속에 떠올리며 마음의 빚을 갚지 못한 것을, 더 많이 사랑하지 못한 것을 후회한다고 한다. 사랑만 해도 모자랄 시간에 작고 사소한 것 때문에 혹은 알량한 자존심 때문에 다투고 화내고 고함치며 서로 잡아먹을 듯이 으르렁댔던 사실들을 떠올리며 한없이 부끄러워지고 죄스러워지고 미안한 마음으로 그 짧은 사고의 순간을 겪는다고 한다.

우리는 모두 빚진 자들이라는 사실을 잊지 말자. 주변 사람에게서 받은 도움, 내가 진 빚이다. 그들에게 받은 사랑, 그것도 내가 진 큰 빚이다. 우리가 지금 저마다의 목표를 가지고 공부를 하고 있는 것도 어쩌면 조금씩 그 빚을 갚으며 살기 위해서가 아닐까 싶다. 그런 마음이 들 때 지금 하고 있는 공부가 더 의미 있고 가치 있는 일이 될 수 있으리라 생각한다. '그 사람들'을 떠올리며 이전보다 더 많이 사랑하고, 더 많이 감사하고, 더 많이 아끼고, 더 열심히 살자!

우리 민족이 참 사랑 표현에 서툴지. 정말 어색하긴 하다. 그래도 한번 용기 내어 고백해본다.

"올해 너희들과 함께여서 참 고맙고, 기쁘다! 사랑한다!"

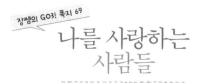

나를 사랑하는 사람들

내 뒤에는 언제나 나를 지켜봐주는 따뜻한 눈길이 있다는 것을 나는 잘 알고 있다. 나를 지극히 사랑하는 어머니일 수도 있고, 오래 사귀어온 절친한 친구일 수도 있고, 사랑하는 아내일 수도, 세 명의 아이들일 수도 있다. 또 나를 걱정하는 하나뿐인 동생일 수도 있고 나의 장래를 걱정하는 나의 스승일 수도 있다. 또한 학교에서 만난 선후배 선생님일 수도 있고, 또 어쩌면 가장 '무서운' 너희들일 수도 있다. 그리고 내가 믿는 신일 수도 있겠다.

누군가를 늘 지켜볼 수 있다는 건 그에게 특별한 관심을 가지고 있다는 뜻일 게다(만약 스토킹 같은 경우라면 사양해야겠지만…). 물론 이건 나 혼자만의 이야기가 아닐 것이다. 우리 모두는 누군가의 특별한 관심과 애정을 받고 있다. 오늘은 그들이 누구인지를 한번 헤아려보면 어떨까 한다. 그것을 알게 되는 것

만으로도 너희들에게 큰 축복이 되리라 생각한다. 왜냐하면 그
것이 어떤 계기가 되어서 너희들의 삶을 바꿀지도 모르는 일이
니까 말이다.

너희들에게 특별한 관심과 애정을 가지고 있는 그분들과 하
나가 되도록 노력하고, 그들을 위해 무엇을 어떻게 해야 하는가
에 대한 고민도 해보자. 그들이 너희에게 보이는 관심만큼, 너희
도 관심을 기울여야 한다는 것을 잊지 말자.

지금부터 하지 않으면 평생 할 수 없다. 우리에게 필요한 향
기는 바로 사람냄새다.

장례식에서

지난 토요일, 고등학교 때 친구 어머니께서 갑작스레 돌아가셔서 오늘 낮에 마지막 가시는 길을 함께하고 돌아왔다. 얼마 전까지만 해도 건강했던 분이셨는데 떠나보내야 한다는 생각을 하니, 마음 한구석이 무너지는 것 같았다.

덧없기만 한 것이 인생이라던가. 한 치 앞도 못 보는 우리 인생이건만 살아 있는 사람들은 무엇을 위해서 그토록 처절하게 살아가고 있는 것인지 돌아보게 되었다. 답을 구하진 못했지만 한 가지 확실한 생각은 품고 돌아왔다. 어머니께 더 잘해드려야겠다고 말이다.

이승과 작별하는 친구 어머니의 모습 속에서 내 어머니 생각이 났고, 눈가에 눈물이 맺혀 있는 친구의 모습에서 내 모습이 보였다. 당장 어머니께 전화를 드렸다. 그냥 전화 한 통만으로도 소녀처럼 즐거워하신다. 어찌나 죄송하던지….

지금 너희들도 이것저것 마음고생 많겠지만, 항상 너희 뒤에서 너희들을 바라보고 계시는 어머니, 아버지의 마음고생도 만만치 않으시다. 자식을 키워보니깐 비로소 조금은 부모 마음을 알게 되었다. 내가 할 때보다 더 긴장되고 더 애간장이 타는 그 마음을 말이다.

　오늘은 부모님께 파이팅을 외쳐드리자. 그리고 감사하다고 힘내시라고 사랑한다고 문자도 한번 보내드리자.

모의고사
회의

어제 모의고사 성적에 대한 선생님들의 회의가 있었다. 과목별, 개인별, 학급별 성적에 대한 분석을 통해 우리 반의 성적이 어느 정도인지 살펴볼 수 있었다. 우리 반에는 최상위권 친구는 없지만, 전체적으로 열심히 하고 있다는 느낌을 받았고, 실제로 이과 전체에서 평균점수가 가장 좋은 반이다. 꼴찌 반으로 시작했는데 가장 평균점수가 높은 반이 되다니! 점점 지금보다 훨씬 더 좋아질 거라 믿는다.

너희는 자신의 성적만 신경 쓰면 되지만 담임인 나는 모두의 성적을 살펴야 한다. 우리 반에는 탁월한 녀석도 있고, 상대적으로 성적이 떨어지는 녀석도 있다. 그래도 모두가 소중한 친구들이라는 것은 분명하다.

집에서 아이 셋을 키우다 보면 그중에는 이것저것 조금 더 잘하는 녀석도 있고, 부족한 녀석도 있고, 아주 부족한 녀석도 있다. 그런데 몹시 부족한 아이에게 마음이 더 가는 것은 부모로서 어쩌면 당연한 건지도 모르겠다. 마찬가지로 담임으로서도 상대적으로 부족한 녀석들을 위해서 어떻게 하면 좋을지 항상 고민하게 된다. 그 과정에서 이런저런 잔소리 같은 얘기가 입 밖으로 나가다보니, 어쩌면 내 관심 때문에 그 친구들이 더 힘든 것은 아닌지 하는 생각도 든다.

그런 마음으로 너희들을 보고 있으면, 더 안타까운 모습들이 눈에 들어온다. 쉬엄쉬엄 해도 될 법한 녀석들은 1분 1초가 아깝다며 눈에 불을 켜고 있는데, 조금 더 힘을 냈으면 하는 녀석들은 엎드려 있다. 측은한 마음도 들지만, 조금이라도 더 노력해주었으면 하는 바람이 더 큰 것은 담임으로서 솔직한 심정이다.

이외수 선생의 책 《아불류 시불류》에 이런 글이 있더라.

잠에는 두 가지가 있다. 하나는 휴식으로의 잠이고, 하나는 나태로서의 잠이다. 휴식으로서의 잠은 조금만 자도 심신을 가볍게 하지만 나태로서의 잠은 아무리 자도 심신을 무겁게 만든다.

많이 피곤하고 힘들겠지만, 열아홉 살의 열정과 패기로 조금 더 힘을 내보자.

딸린
식구들

나보고 "딸린 식구가 많다"라는 말들을 더러 한다. 그만큼 책임
도, 진 짐도 많다는 뜻 같아서 어깨가 더 무겁다. 사실 아들 둘
과 딸 둘이 있었으면 하는 나만의 바람은 아직까지도 진행형이
기에 앞으로 '딸린 식구'가 더 늘어날지도 모르겠다.

'딸린 식구'의 중심에 서 있는 사람이 무너지면 다른 사람도
속절없이 함께 무너지는 법이다. 예전에 건강검진에서 위에 작
은 혹이 있다는 말을 듣는 순간 얼마나 놀랐던지. 별거 아니라
는 말을 듣고 놀란 가슴을 쓸어내렸지만, 그 짧은 순간 내 걱정
보다도 나로 인해 놀라고 힘들어할 사람들, 특히 가족 생각을
하니 마음이 무거웠다.

우리 중에 '딸린 식구'가 없는 사람은 한 명도 없다. 그래서
건강하게 살아야 한다. 그리고 늘 조심하며 살아야 한다. 나중
에 일이 생긴 후에 미안해하지 않도록 말이다. 우리는 혼자만의

몸이 아니라는 것을 잊지 말았으면 좋겠다.

내가 대학에 합격했을 때, 군대를 제대했을 때, 대학 졸업과 동시에 교사가 되었을 때, 평생의 반려자를 만났을 때, 그리고 아이의 아빠가 되었을 때 나보다도 훨씬 더 기뻐하고 눈물 흘리며 좋아해주던 가족이 있었다는 것을 나는 기억한다. 그렇기에 가족은 내 삶을 열심히 살아가는 데 있어서 가장 중요한 동기부여일 수밖에 없는 것 같다.

대학을 목표로, 그리고 각자의 희망을 향해 열심히 살고 있는 너희들 뒤에도 든든한 가족이 있다는 것을 항상 기억해야 한다. 너희들이 기억하지 못할 수도 있겠지만, 매 순간 너희들의 삶에는 가족들이 함께 있었다. 너희들이 태어나서 눈을 맞추며 옹알이를 하고, 두 발로 서고, 첫 발걸음을 내딛고, 학교에 입학해 지금까지 오는 과정에서 웃음과 눈물로 함께했던 가족. 그들을 마음속에 품고 살아야 하는 것은 어쩌면 당연한 일이다. 우리 삶에 가장 근본적인 힘의 원천은 가족이다.

이제 학창 시절을 마무리하면서 지금까지 큰 기쁨을 드리지 못한 것에 대한 안타까움을 느끼는 것과 함께, 앞으로 더 열심히 살아서 큰 웃음을 드리겠다는 긍정적인 다짐을 할 수 있었으면 한다. 오늘도 너희를 위해 마음 깊은 곳에서 기도하고 있을 가족들을 위해 어디 한번 젖 먹던 힘까지 짜내보자.

웃음이
사라진다는 것

좀처럼 웃을 일이 없어진다. 아니, 없어진 것이 아니라 바쁜 일상 속에서 잊어버리고 살아가는 것은 아닌가 싶다. 세상이 각박해졌다고 말하기 전에, 각박해진 세상보다 내 마음이 더 빠르게 삭막해진 것은 아닌가 하는 생각도 든다.

마음이 삭막해지면, 곁에 있는 가까운 사람들에게 인색해지기 십상이다. 그래서 우리가 잃어버리는 것은 웃음뿐만이 아닐 거다. 웃음 속에 담긴, 거친 세상을 헤치고 나갈 용기와 힘, 그리고 희망까지 사라진 것은 아닐까?

밝은 웃음 속엔 희망이라는 멋진 선물이 담겨 있다. 우리 한 번 웃어보자. 오늘 어머니께 웃으며 전화 한 통 해야겠다. 지난 주말 한 번도 웃는 얼굴로 얘기를 못했던 거 같아 마음에 걸린다. 너희들도 오늘, 바쁘고 맘도 분주하겠지만, 주위 사람들에게 너희들의 웃음을 선물해보면 어떨까?

Captain, Oh,
My Captain!

〈죽은 시인의 사회〉. 정확히 내가 고등학교 3학년 때 극장에서 봤던 영화인데, 최근에 다시 한번 보게 됐다. 시간이 조금 지났지만, 새삼 그때의 마음이 생각난다.

"Captain, Oh, My Captain!"이라고 불렸던, 지금과는 다른 시각으로 세상을 보라고 가르친, 그리고 'sieze the day' 라틴어로 '카르페 디엠(현재를 즐겨라)'을 외쳤던 키팅 선생님.

3학년 때 모의고사를 보고 나서 힘들었던 마음에 봤던 영화 한 편이 어쩌면 내 인생의 길을 바꾼 것은 아닌가 싶기도 하다. 영화를 보고 난 순간부터 선생님을 바라보는 내 시선이 달라졌다. 선생님들의 모습 속에는 때론 존경스러운 부분도 있었지만, 그것보다는 항상 아쉬움이 더 많았다. 영화 속의 학생들처럼 어떤 선생님에게든 진심을 다해 "Captain, Oh, My Captain!"이라고 부르고 싶었지만, 내가 삐뚤어진 시선으로 바라봐서인지 안타깝게도 고3 때까지 그런 선생님을 만나지 못했다.

한 사람 한 사람을 소중하게 여기고, 각자의 꿈을 지켜주기 위해서 노력하던 영화 속 키팅 선생님의 모습. 지금까지도 다가가지 못하고 있는 오랜 나의 롤모델이다. 나름 흉내를 내보려고 했지만, 아직 먼 것 같다. 아니, 먼 정도가 아니라 내가 꿈꾸어 왔던 교사의 모습이 전혀 아닌 것만 같아서 속이 상한다.

언제부터인가 내 입에서는 입시 얘기 아니면 할 얘기가 없어진 것 같기도 하고, 웃음보다는 엄격한 통제를 통해서 정형화된 모습들을 요구하고 있었던 것 같기도 하고…. 그래서인지 늘 너희들에게 미안한 마음이 든다. 현실과 이상의 차이가 분명 있겠지만, 언제쯤이나 영향력 있는 '캡틴'의 모습으로 학생들을 가르치게 될까. 더 노력하련다. 그것이 내가 살아 있는 이유일 테니 말이다. 내가 더 영향력 있는 '캡틴'이 될 수 있도록 함께 응원해주었으면 좋겠다.

진심으로
네가 잘되기를

요즘은 대학생이 가장 불쌍하다는 얘기를 심심찮게 듣는다. 왜? 그들에게 미래에 대한 열정이나 꿈이 부족해서가 아니다. 고3 때만큼이나 잠도 줄여가며 꿈을 위해 노력하지만, 취업에 대한 불안과 낙오에 대한 두려움이 더 크기 때문이다.

말을 이제 막 배우는 아이가 틀리면 안 된다는 두려움에 사로잡히면, 평생 말을 못하는 사람으로 살아가게 될 수도 있다. 하지만 틀려도 괜찮다는 확신이 있다면 배우는 것을 무서워하지 않을 것이다. 틀리는 과정 속에서도 성장할 수 있다. 대학생들에게도 마찬가지다. '아직 우린 젊다, 두려움보다 더 큰 용기로 절망을 이겨낼 수 있다'는 생각이 그들에게 필요하다.

두려움을 용기와 희망으로 바꾸는 마법에서 가장 중요한 역할을 하는 것은 '사랑'이다. 내 힘으로 잘해낼 거라고 믿는 나를 향한 사랑, 내가 틀리더라도 혹은 좀 부족하고 잘 못하더라도 기다려주시는 부모님의 사랑…. 이런 사랑의 힘이 충만하다면, 이루지 못할 것은 없다.

사람은 내가 남보다 더 잘되고 남들보다 성공하고 싶은 욕망이 있기 때문에, 나보다 다른 사람들이 더 잘되기를 진심으로 축복해주기 어렵다. 이웃은 물론이고 형제나 친구조차도 그러하다. 하지만 부모는 자식들만큼은 본인들보다 더 잘되기를 바라는 마음으로 살아간다. 지금 너희들이 보기에 그 표현이 많이 부족해 보이고 세련되지 않아 보인다 할지라도, 자식을 향한 마음은 크게 다르지 않다. 그런 부모의 사랑을 기억한다면 실패에 대한 너희들의 두려움을 조금 덜어낼 수 있지 않을까.

생각해보니, 부모님 말고도 그런 사람이 한 명 더 있다. 바로 나다! 나보다 너희들 모두가 정말 잘되었으면 좋겠고, 나보다 훨씬 더 행복하게 살았으면 좋겠고, 나보다 훨씬 더 성숙한 어른이 되었으면 좋겠다. 진심이다!

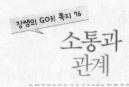

입시에서 중요한 역할을 하는 것이 여러 가지 있겠지만, 담임과
소통을 잘하는 것도 간과할 수 없을 정도로 중요하다는 것을
경험을 통해 느낀다.

'소통'의 의미가 막힘없이 서로 뜻이 통해 오해가 없는 좋은
관계를 형성하는 것인데, 학교에서 학생들과의 소통도 그렇고
집에서 아이들과의 소통도 그렇고, 참 어렵다. 오죽하면 이런 우
스갯소리가 생겼을까.

"아들은 낳았을 때 1촌이 되고, 사춘기가 되면 거의 남남이
된다. 대학을 가면 4촌이 되고, 군대 가면 8촌이 된다. 장가가면
사돈의 8촌이 되고, 아들이 애를 낳으면 동포, 아들이 이민을
가면 해외 동포가 된다."

부모님이나 선생님 대부분 자녀들과 학생들과 가까운 사이
가 되길 바란다. 그런데 친구 같은 사이를 꿈꾸며 대화하려고

하면서도, 실상은 자신들의 말에 순종하는 그런 아이들이 되기를 요구한다. 귀 기울여 들으려하기보다는 말하기를 좋아하고, 부모나 선생이 하는 이야기에 순종해야 한다고 생각한다. 이해하기보다는 이해받고 싶어 한다. 생각해보면 참 모순이지만, 그 모습이 우리와 함께 살고 있는 어른들의 모습이다. 어쩌겠는가! 나이가 들면 들수록 사람은 더 아이 같아진다는데.

우리 큰아들 이름이 승혁이인데, 이 녀석이 지금 중학교 2학년이다. 아들과 정말 제대로 소통하고 싶고, 마음 깊숙한 곳까지 만져주며 읽어줄 수 있는 아빠가 되고 싶은데, 그것이 정말 쉽지 않다. 늘 이런저런 잔소리와 미숙한 것들에 대한 질책뿐. 돌아서면 그런 내 모습에 후회하고 또 후회한다. 좋은 아빠가 된다는 것, 정말이지 참 어렵구나. 이러다가 소통의 통로가 막혀버릴 것 같아 두렵기까지 하다.

아마도 이런 나의 마음은 이 땅의 모든 부모님의 마음과 같을 거다. 아이들에게 늘 미안한 마음으로 조금 더 다가가고 싶은데, 큰 벽이 떡하니 가로막아 서서 버티고 있는 것 같아 이러지도 저러지도 못하고 우왕좌왕하는 모습. 그 모습이 우리네 부모님들의 모습이다. 좋은 부모가 되고 싶지만, 어떤 모습으로 서 있는 것이 좋은 부모의 역할인지 배우지 못했기에 본인의 경험에만 의존할 수밖에 없는 아주 서툰 아마추어의 모습. 겉으로는 아주 강해보이지만, 수능을 앞둔 우리들보다 어쩌면 더 마음 졸이고 긴장하고, 길을 가다가도 수능이란 단어가 들리면 걸음을 멈추고 귀를 기울이고, 고3이 자살이라도 했다는 기사가 나오면 남의 일 같지 않아서 눈물까지 흘리며 마음 아파한다.

이제는 조금 큰 너희들이 그 마음을 한번 돌아보고 헤아려주길 부탁한다. 오히려 너희들이 한번쯤은 부모님을 꼭 안아주고 등이라도 토닥거리며 위로해드리는 일을 했으면 좋겠다. 그 작은 행동이 결국 너희들에게 몇 배의 큰 힘과 위로, 그리고 격려로 되돌아오게 될 것이고, 거기에서부터 부모님과 선생님들과의 진정한 소통이 시작되리라 생각한다.

토요일에 12명이나 연락도 없이 학교를 오지 않았다. 내가 아무리 주말의 중요함을 강조해도 당사자들이 안 하면 정말 어쩔 도리가 없다. 이런 식의 태도는 잘못된 것 같다. 피곤해서 아침에 일어나지 못하는 상황은 모두가 마찬가지일 텐데, 본인만 이해해 달라고 한다면 좀 무리가 있어 보인다. 그런 마음이라면 토요일은 집에 있겠다고 미리 얘기를 해주는 게 낫다. 얼마든지 본인 의사를 존중해줄 테니.

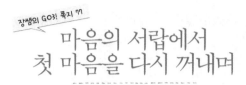

마음의 서랍에서
첫 마음을 다시 꺼내며

북한의 김정일도 남한의 중학생 남자아이들이 무서워 쳐들어
오지 못한다는 말을 들을 땐 그냥 우스운 얘기 정도라 생각했
는데, 중학생인 큰아들과 하루에 열두 번도 더 부딪히는 사이
가 되고 나서야 그 말이 무슨 의미인지 이해가 된다.

　주변 사람들은 보이지 않고 오직 자신의 감정만이 제일 중요
한 사춘기란 것이 벼슬인 거 맞지? 그것을 순간순간 잊어버리
는 내가 문제인 거지? 부딪히고 또 부딪히면서 원래 시작하게
된 문제의 본질은 잊어버린 채 눈빛과 말투, 태도 때문에 더 화
가 나 부딪히게 된다. 그런 과정에서 큰소리도 나게 되고 화도
내게 된다. 내 마음도 충분히 상했지만 아마도 무심코 던진 내
말 한마디 한마디가 아들에게 더 큰 아픔이고 상처가 됐으리란
생각이 든다.

　우연히 책꽂이에 꽂혀 있던 책이 눈에 들어왔다. 이 녀석이

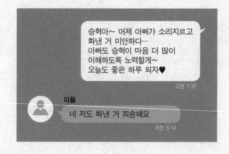

크면 주려고 예전에
써놓았던 육아일기
를 책으로 제본한 건
데, 그것을 들춰보면
서 아이를 향한 내
첫 마음 또한 마음

깊숙한 곳에서 다시 꺼내보게 되었다. 나를 쳐다보고 웃어주는
것만으로도 세상을 다 가진 것처럼 기뻤고, 작은 몸짓 하나에
도 반응하며 행복했던 그 순간들. 그 첫 마음을 다시 꺼내 보니
내가 욕심을 부리고 있는 것 같았다.

　시간이 지나가면 아무 일 없었던 것처럼 될 수도 있겠지만,
그 전에 먼저 사과를 해야 할 것 같아서 문자를 보냈다. 한 번
관계가 무너지면 모든 것이 무너질 수도 있기 때문이다. 첫 마
음을 회복한다는 것, 살아가면서 어디에서나 어느 순간에나 참
중요한 것 같다. 너희들의 첫 마음, 다시 꺼내봐라. 그럼 그곳에
희망이 있을 거다.

중요할 때
홈런 치면 된다

프로야구 선수들은 11월부터 그다음 해 3월까지가

비급여 시즌이다. 이 기간 동안 개인훈련도 하고 단체훈련도 하며

다음 시즌인 4월을 준비한다. 이 기간에 이루어지는 훈련을

동계훈련이라고 하는데, 동계훈련을 어떻게 하느냐에 따라서

다음 시즌의 개인 성적과 팀 성적이 좌우된다.

3월에는 한 달 동안 시범 경기를 한다. 4월 시즌이 시작되기 전,

동계훈련을 통해 준비한 것을 한 달 동안 실전처럼 경기를

하는 것이지. 시범 경기에서는 항상 각 팀마다 '신데렐라'라고

불리는 선수가 튀어나온다. 쳤다 하면 홈런이고, 안타고.

아주 난리가 난다.

베테랑 선수들은 이 기간이 호흡을 고르는 시간이다.

실제로 중요한 것은 4월부터 시작되는 시즌이기 때문에

3월 연습 게임은 그동안 연습했던 것을 하나하나 적용해보는

시간으로 생각한다. 툭하면 삼진만 당할 수도 있지만,

이때도 베테랑 선수는 자신의 모습을 비디오로 보며

무엇이 어떻게 잘못되었는지를 살피고 또 살핀다.

결국 4월 정규리그가 시작되면 베테랑 선수들은 안타와

홈런을 치기 시작한다.

어쩌면 우리들의 모습도 프로야구 선수들과 비슷하지 않을까.

우리에게 중요한 시험은 어쩌면 11월의 수능 시험뿐일지 모른다.

그전에 보는 모의고사는 연습 게임에 불과하다.

연습 게임에서 삼진 당했다고 풀이 죽어 있거나,

시즌이 다 끝난 것처럼 행동하면

선수 자격이 없을 뿐만 아니라 앞으로 더 좋아질 가능성도

없는 사람이 된다. 프로야구 선수들이 자신의 모습을 비디오로

돌려가며 보고 또 보고 하면서 잘못된 부분을 수정해서 결국은

좋은 선수가 되듯이, 우리들도 모의고사라는 시험을 통해

무엇을 잘 몰랐던 것인지 어떤 과정이 잘못된 것인지 고민하고

수정해서 마침내 11월 수능에서 빵 하고 터트리면 된다.

남은 시간 충분하다. 아직 시간이 많이 남아 있음을 잊지 말고

부족한 부분을 최대한 채우고 보충해서, 그동안 맨날 삼진만

당했더라도 11월에 홈런 한 방 쳐보자!

● 　　수능 시험 한 번으로 내 인생의 모든 것이 정해져버릴 것만 같은 기분이 드는 고3 수험생활. 한편으로는 그 한 번의 시험이 뭐기에 목숨까지 걸어야 하나 하는 생각에 억울한 기분도 들고, 한편으로는 한 번의 승부로 대박을 꿈꾸며 잘해보고 싶다는 생각도 듭니다. 그런데 복잡 미묘하고 지긋지긋한 이 고3 생활이 영원히 계속되는 것은 아닙니다. 끝이 있습니다. 끝나는 순간 모든 스트레스와 고통에서 해방됩니다.

나에게 힘을 주는 노래 한 곡을 정해서 크게 틀어놓고 들어보세요. 가끔은 나도 모르게 눈물이 날 거예요. 그럴 땐 그냥 울어버리세요. 남의 눈치 볼 필요 없어요. 안 그런 척해도 그들도 다 똑같으니까요. 그리고 친구와 경쟁하기보다는 서로에게 힘이 되어주세요. 결국 남는 건 '사람'이니까요. 앞으로 여러분이 맞닥뜨릴 사회에서는 누가 시키지 않아도 누군가와 평생 경쟁하게 될 것입니다. 그러니 지금부터 그런 경쟁상대를 만들 필요는 없습니다. 좋은 사람과 힘든 시기를 함께 이겨내세요. 스스로를 즐겁게 하는 나만의 방법들을 통해 공부할 에너지를 만들어간다면, 고3 생활이 마냥 힘들게만 느껴지지는 않을 것입니다. 전국의 모든 고3 수험생 여러분 파이팅! _선배 김윤규

● 　　수능은 기회입니다. 수능은 학창 시절의 마지막에 최선

을 다해볼 수 있는 기회를 우리에게 줍니다. 마지막에 주어진 단 한 번의 기회를 멋지게 후회 없이 마무리할 수 있다면, 12년 학창 시절이 멋진 기억으로 남지 않을까요? 피할 수 있는 시험이 아니라면, 무섭더라도 최대한 즐기며 당당하게 헤쳐 나가는 게 맞습니다. '아, 조금 더 열심히 할 걸' 하며 후회를 남기기보다는, 최선의 노력으로 그 시간들을 채워나가길 바랍니다.

당부하고 싶은 것은, 앞으로 보게 될 수많은 모의고사는 마지막을 위한 연습일 뿐임을 꼭 기억하세요. 만족스럽지 못한 결과가 나왔다고 스스로를 비난하거나 자신을 의심하는 것은 수험생활의 독이 될 뿐입니다. _선배 이소영

● 　　하고 싶은 것 못하고, 몸도 마음도 고달픈 고3 생활을 슬기롭게 보내는 방법은 생각보다 간단합니다.

첫째, 멋진 대학생활을 꿈꿔보세요. 대학생활도 쉽지만은 않지만, MT나 소개팅, 어학연수와 해외탐방 등 대학생활의 행복한 '로망'을 그리면 즐거운 기운을 얻을 수 있습니다.

둘째, 내가 가고 싶은 방향을 정해보세요. 나의 꿈은 뒷전으로 미뤄둔 채 명문대, 좋은 학과만 바라본다면 고달플 수밖에 없습니다. 내가 관심 있고, 잘할 수 있는 방향을 향해서 노력한다면 저절로 힘이 나지 않을까요? 휴대폰에 가고 싶은 학교 사진을 띄어놓고 매일 바라본다면 의욕이 불끈 생길 겁니다.

셋째, 선생님과 친해지세요. 선생님은 우리 가까이에 있는 최고의 입시전문가이자, 가장 좋은 선배입니다. 어떻게 공부해야 할지, 어떤 전공을 선택할지 등 막막하고 문제가 있을 때 선생님에게 맘 편히 털어놓

을 수 있다면, 좋은 조언을 구할 수 있을 것입니다.

넷째, 친구들과 추억을 만들어보세요. 운동장에 앉아 고민도 나누고 시원하게 수다도 떨고 날씨 좋을 때 대학 캠퍼스 구경도 가고…. 친구와 함께 보내는 좋은 시간이 힘든 시기의 활력소가 될 것입니다.

마지막으로, 스스로를 격려하세요. 아침 일찍부터 늦은 시간까지 고생한 스스로에게 "수고했어. 잘했어. 오늘처럼 꿋꿋하게 잘해내자!"라고 격려하다 보면 스스로를 사랑하게 되고 고3 생활을 이겨낼 수 있는 힘도 얻을 수 있습니다.

_선배 서민호

● 　　학창 시절의 마지막 1년, 고3은 소중한 시간인 동시에 그동안 익힌 지식과 능력을 집중해야 하기에 부담을 느낄 수밖에 없습니다. 이 시기를 효율적으로 보낼 수 있는 여러 가지 방법이 있겠지만, 저는 '멘토링 mentoring'을 활용하라고 말하고 싶습니다.

우선 '코칭coaching'의 멘토가 필요합니다. 고3은 대입 공부를 하는 시기이기에 앞서 내 인생의 방향부터 선택해야 하는 중요한 시기입니다. 그래서 단지 '무엇을 하고 싶다, 무엇이 되고 싶다'가 아닌 내가 진정으로 하고 싶은 일을 선택하는 데 도움이 되는 사람이 필요합니다. 학교 선생님뿐 아니라 교외 각 기관에서 진행하는 컨설팅 프로그램이 많이 있습니다. 이를 통해 내가 가고 싶은 진로 방향에 대해 먼저 고민해볼 필요가 있습니다.

다음으로 '티칭teaching'의 멘토가 필요합니다. 가고 싶은 방향을 정했다면, 그에 맞게 목표 대학을 정하고, 자신의 현재 상황에 맞는 구체적인 계획을 세워야 합니다. 어느 과목이 취약한지, 몇 점을 더

올려야 하는지, 시기별로 어떤 계획이 필요한지 등등의 계획을 세우는 멘토링입니다. 이 멘토링은 스스로 정보를 수집해 진행할 수도 있고, 부모님이나 담임선생님을 멘토 삼아 멘토링 작업을 할 수도 있습니다. 단지 대학에 가기 위해 1년을 보내기보다는 장기적인 관점에서 고민하고 그 결과를 목표로 삼아 노력한다면, 고3 생활을 더욱 알차고 뿌듯하게 보낼 수 있을 것입니다. _선배 노종원

●   지나고 나니 고3만큼 추억도 많고 의미도 있는 시간은 없었던 것 같습니다. 불안하고 스트레스도 많겠지만, 뒤돌아보지 말고 달려나가세요. 누가 물어봐도 "난 후회 없어. 할 만큼 했어!"라고 자신 있게 말할 수 있다면, 그것만으로도 성공입니다. 누구와의 경쟁이 아닌 자기 자신과의 경쟁에서 이길 수 있습니다.

단 하나 주의할 것은 복도나 독서실에서 친구와 함께 신세 한탄은 하지 마세요. 우울해지고 힘만 빠질 뿐이에요. 그 시간에 책 한 장 더 보는 게 좋아요.

그리고 많이 먹어서 살찌는 스트레스는 수능 끝나고 충분히 해결할 수 있어요! 고3 여러분 화이팅이에요! 다 잘될 거예요! _선배 송에솔

●   고3, 가장 힘들고 불안한 시기인 만큼 남에게 의지하게 되고, 다른 사람의 말에 영향을 받기 쉽습니다. 하지만 남의 말에 휘둘리지 마세요. 입시에는 애초에 정해진 답이 없습니다. 내가 고민해서 내린 결정이라면, 나에게는 그것이 바로 정답입니다. 나를 믿고 자신감을 가지고 그대로 밀고 나가면 됩니다. 그래야 남을 미워하지 않

게 되고 후회가 남지 않습니다. 나는 충분히 좋은 결정을 내릴 수 있는 멋진 사람이니 불안해하지 마세요.

그리고 '후회 없이 해봐야지. 이때 아니면 언제 해보겠어'라는 생각으로 고3을 시작해보세요. 인생에서 두 번 다시 돌아오지 않을 시간입니다. 긍정적인 생각으로 시작한다면, 잘 짜인 계획과 시간관리는 서설로 다 따라옵니다.

마지막으로 나를 사랑해주세요. 나는 내가 생각하는 것보다 훨씬 강합니다. 그래서 마음만 먹으면 더 많은 것을 해낼 수 있습니다. 그러니 자신을 탓하지 말고 스스로를 높이 평가해보세요. 스스로를 무궁무진하다고 생각하면, 정말 무궁무진한 사람이 됩니다.

고3, 1년이나 되는 긴 시간인 만큼 많은 것을 바꿀 수 있습니다. 현재 내가 뒤에 있건 앞에 있건 출발점의 위치는 중요하지 않습니다. 늦었다고 생각하지 말고 지금의 내 위치에서 지금 바로 출발하면 됩니다. 선배 박지원

● 　　　내가 수험생활을 하면서 가장 중요하게 생각했고, 또 가장 열심히 지켰던 약속은 '교실 환기는 내가 하자!'였습니다. 아침 일찍 일어나 가장 먼저 교실에 들어가 닫혀 있던 창문을 하나하나 열며, 평소에는 자주 보지 못하는 하늘도 한번 보고, 날아가는 새도 한번 보다 보면 어느새 잠도 깨고 기분도 좋아져서 활기차게 하루를 시작할 수 있었습니다. 의자 끄는 소리, 볼펜 똑딱이는 소리 하나 없는 고요한 교실, 친구들의 웃음소리와 온기로 가득차기 전까지의 딱 30분은 내가 가장 집중할 수 있었던 시간이자 그날 하루를 열심히 보낼 수 있었던 원동력이 되었습니다.

앞으로 공부를 하다 보면 게을러지기도 하고 후회스러운 날도 있겠지만, 너무 자책하거나 이미 지나간 시간에 미련 갖지 말고, 그냥 내일 조금 일찍 일어나 조금 일찍 책을 펴며 흘러간 시간을 채워나가는 것은 어떨까요? 나에게 정말 큰 힘이 되어주었던 아침 30분의 기적이 여러분에게도 유용하게 쓰이길 바랍니다. _선배 이승연

●   3월이 오면 여러분들의 심장은 따뜻한 봄을 향해, 마지막 학년을 향해, 그리고 자신을 향해 두근거리겠죠. 곧 고3이 되어 인생의 두 번째 관문에 다다른 여러분에게 이렇게 묻고 싶습니다.

"당신은 누구인가요?"

이 질문의 대답이 그저 "고3입니다"로 끝나지 않길 바랍니다. '고3'이 여러분을 말해줄 수도 있지만, 그것은 답이 아닙니다. 남들이 말하는 '나'가 아닌 내가 원하는 진짜 '나'를 찾아야 합니다.

영화 〈굿 윌 헌팅〉의 숀 교수는 윌에게 말합니다.

"우선 네 스스로에 대해 말해야 돼. 자신이 누군지 말이야. 하지만 그렇게 하고 싶지 않지? 자신이 어떤 말을 할까 겁내고 있으니까. 네가 선택해, 윌."

먼저 내가 누구인지 알아야 합니다. 그리고 그에 맞게 본인이 이루고 싶은 목표를 세워야 합니다. 그리고 어떤 목적과 마음으로 그 목표를 이루기 위한 공부를 할 것인지 생각해보세요. 자신이 하고 싶은 것을 선택했다면, 미련과 후회가 덜합니다. 설령 그 선택이 틀렸다 할지라도 말이에요.

남들이 한다고 따라가지 마세요. 자신의 목표에 맞는 것이라면 어려운 길이라도 가볼 만한 길이 됩니다. 초조해하지 말고 스스

로를 믿어보세요. 1년 후 비록 실패하더라도, 나를 믿은 만큼 후회는 덜할 겁니다. 그리고 웃으면서 다음을 준비하면 됩니다. 이미 나는 지난 시간 동안 내가 누구인지 확실히 알아냈으니 다음 가는 길은 더 쉬울 거예요. 드디어 스스로와 만난 여러분을 응원합니다! 선배 신현경

● 　　　장동호 선생님이 수업 시간에 이런 말씀을 하신 적이 있습니다. "버스나 지하철을 타고 이동할 때 다들 뭐하니? 대부분 휴대폰만 보더라. 무슨 생각이든 좋으니 그 시간에 혼자만의 시간을 가져보렴."

그때부터 혼자 생각하는 시간을 가지게 됐고, 그 생각은 '왜 공부해야 하는가'에 이르게 됐습니다. 생각을 정리하다 보니 제 경우에는 '내가 좋아하는 선생님께 예쁨받고 싶어서'였습니다. 공부에 대한 동기가 정리되니 공부가 즐거워지기 시작했습니다. 지금 생각하면 굉장히 단순한 이유였지만, 학교가 즐거울 수 있었던 충분한 동기부여가 됐습니다.

공부하는 이유가 잘 보이고 싶은 사람이 있어서여도 좋고, 하고 싶은 일을 위해서여도 좋습니다. 지금 잠시 눈을 감고 내 공부의 이유를 생각해보세요. 그러고 나면 어떻게 어디서 공부해야 할지 등에 대한 것은 저절로 해결됩니다. 자신이 가장 잘할 수 있는 방법과 환경을 스스로 만들어가게 되니까요.

또 하나. 공부에서 오는 스트레스, 여러분은 어떻게 풀고 있나요? 전 베이킹이 스트레스 해소법이었습니다. 고등학교 때 시간이 나면 쿠키나 머핀을 구워 가족, 친구들과 나눠 먹으며 스트레스를 풀었습니다. 여러분도 저처럼 건전하고 생산적인 취미 생활, 스트레스 해소법을 꼭 찾았으면 좋겠습니다. 그 시간은 낭비가 아니라 재충전의 시간이 될 것입니다.

'배움'은 평생 우리를 따라다닙니다. 지금부터라도 공부를 긍정적으로 인식해 보세요. 왜 배워야 하는지, 공부의 고비는 어떻게 넘길 것인지…. 그 답 속에 여러분의 미래가 있습니다. _{선배 이연숙}

● 　　고3, 길면 길고 짧으면 짧은 시간이지만 후회 없이 보내는 일이 쉽지만은 않습니다.

우선, 내가 공부에 대한 스트레스를 이겨낸 방법은 '작심삼일'이었습니다. 공부를 3일 만에 포기했다는 뜻이 아니라 공부하는 마인드를 3일에 한 번씩 가다듬는 '작심삼일'이었어요. 스케줄러에 정한 공부 시간표에 맞춰 공부하다가도 3일 정도 지나면 느슨해지기 마련이었는데, 그때마다 '지금 제대로 안 하면 재수한다. 지금 공부를 하나 노나 시간은 똑같이 지나간다' 등등 자극이 될 만한 생각을 하면서 제자리로 돌아오곤 했습니다.

다음으로 시간표 짜는 팁을 하나 말하자면, 시간표는 너무 빡빡하게 또는 너무 헐렁하게 짜기보다는, 딴짓 별로 안 하면 무난히 지킬 수 있을 정도로 하세요. 그래야 느슨했던 날에는 경각심을, 집중해서 열심히 한 날에는 뿌듯함을 느낄 수 있으니까요. 또 하루에 한 과목으로 많은 양을 배치하면 집중력도 떨어지고 다른 과목에 대한 감도 떨어지니, 과목 분배도 중요합니다.

마지막으로 반 분위기를 좋게 만드는 것이 중요합니다. 서로 방해되지 않게 공부하고, 졸고 있는 친구가 있으면 깨워주고, 간식 싸와서 서로 나눠 먹고, 지겹고 힘들 때는 수다 떨고 장난치며 피로도 풀고…. 이런 반을 만날 수 있다면 큰 행운입니다. 이런 친구들과 함께라면 그렇게 싫은 '야자'도 즐거울 거예요. 그리고 사실 교실에서 하는 '야자'가 독서실이나 집에서 하는 공부보다 도움이 되는 건 확실합니다.

공부만 아니라면 고3으로 돌아가고 싶다는 말을 졸업하고 100번은 넘게 한 것 같아요. 고3, 힘들었던 만큼 선생님과 친구들에게 많이 의지했지만, 그만큼 추억도 많습니다. 다들 파이팅입니다! _선배 정의진

●   단언컨대 고3은 미래를 바꾸기에 가장 좋은 시기입니다. 지금 하지 못하는 것이 있다면 마음껏 안타까워하고, 삶이 불만족스럽다면 마음껏 슬퍼하세요. 하지만 지금의 안타까운 현실을 절대로 미래까지 이어지게 해서는 안 됩니다. 반드시 기운을 모아서 미래를 바꾸는 일에 사용하시기 바랍니다. 조금 더 일찍 시작하면 훨씬 더 많이 바꿀 수 있습니다. 당장 시작하세요. 그저 1년이 지났을 뿐인데 놀랍도록 변한 여러분의 인생을 발견하게 될 겁니다. _선배 이태호

6장

누구에게나
자신만의
끓는점이 있다

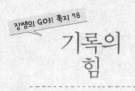

기록의
힘

김난도 교수님의 책을 보다가 재미있는 사실들을 알게 되었다. 혹시 2010년 FIFA U-17 여자월드컵에서 대한민국 최초로 MVP와 득점왕에 오른 여민지 선수에 대해 들어본 적 있니. 여민지 선수는 초등학교 4학년 때 축구에 입문한 이후로 쭉 자신의 훈련일지를 작성해왔다고 한다. 충실한 메모와 자기반성으로 가득한 6권의 훈련일지는 초보자를 위한 축구교재로 삼아도 될 정도라고 한다.

바르셀로나 올림픽의 영웅인 마라톤의 황영조 선수 역시 고등학교 때부터 은퇴할 때까지 하루도 거르지 않고 훈련일지를 적었다고 한다. 어떤 날씨에 어떤 길을 어떻게 달렸는지에 대한 기록에서부터 무엇을 먹었는지와 같은 것까지 빠짐없이 적었다고 한다. 야구에서도 유명한 선수들의 공통점은 자신에 대해 기록하고 정리하며 반성해왔다는 것이다.

어떤 방식으로든 자신을 돌아볼줄 아는 사람은 분명 남과 다른 것을 성취할 가능성이 크다. 기록하는 것 자체가 의미 있다기보다는 매일매일을 기록하면서 반성하고 다음에는 조금 더 나아질 것이라는 희망을 가지고 자신을 점검하는 과정이 큰 의미가 있는 것이다.

나는 올해 스케줄러를 통해서 너희들이 이런 의미 있는 과정을 함께해주길 희망했다. 하지만 모두가 같은 마음을 품기는 참 쉽지 않은 일인 것 같긴 하다. 수능까지 남은 시간들만이라도 기록을 통해서 스스로를 점검해야 한다. 언제 공부가 잘됐는지, 공부가 잘됐다면 잘 안 됐을 때와는 무엇이 달랐기 때문에 공부가 잘됐는지, 어떤 생각을 했을 때 의욕이 더 생기는지, 마치 운동선수가 훈련일지를 적듯이 기록하는 습관과 함께 레이스를 완주해야 함을 명심하자.

어떤 음식을 먹었을 때 속이 편했는지, 반대로 뭘 먹었을 때 속이 불편해서 집중하기가 힘들었는지, 그런 것들도 잘 기록해두자. 시험 보는 날 배탈이 난다면 큰일이니까!(기록은 기억보다 강하다.)

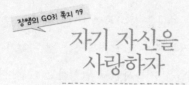

자기 자신을
사랑하자

오늘 수업 시간에도 이야기했지만 나를 믿는 것, 나를 사랑하는 것은 우리가 생각하는 것보다 어렵다. 마음에 안 드는 자신의 모습들, 이러저러한 실수와 단점들을 가장 가까이에서 보는 사람이 나 자신이기 때문이 아닐까 싶다. 나 또한 가끔은 나 자신이 너무 부끄럽게 느껴질 때가 있다.

중요한 것은 자신의 이러한 실수와 단점들을 비난하기보다는 내가 먼저 받아들이고 용서하고 사랑해야 한다는 것이다. 나를 용납하지 못하면서 다른 사람을 받아들일 수 없고, 내게 진실하지 않으면서 다른 사람에게 진실해질 수 없고, 나를 사랑하지 않으면서 다른 사람을 사랑할 수는 없다.

자신을 좀 더 소중히 여겨보자. 과거의 나빴던 행동들, 실수들, 이제 용서해주자. 스스로를 먼저 사랑하고 격려해보자. 그것이 너희들을 지탱하는 소중한 버팀목이 될 것이다.

장쌤의 GO칭! 쪽지 80

분노를
이기는 방법

세상을 살다 보면 어찌 좋은 일만 있으리오. 때에 따라서는 화가 머리끝까지 치밀어 오르거나 슬그머니 일어나는 분노를 스스로 이기기 어려운 경우와 만나기 마련이다. 이런 분노는 나중에 돌이켜보면 자신이나 그 상황에 아무런 도움도 되지 않았다는 사실을 알게 되지만, 이미 때는 늦어버린 후다. 이미 벌컥 화를 내버렸기 때문이다.

사람들과 어울려 살면서 겪을 수밖에 없는 수많은 관계들, 그리고 그 관계 속에서 일어나는 수많은 어려움들… 어떻게 해야 할지에 대한 정답은 없겠지만, 같이 고민하는 마음으로 좋은 글이 있기에 함께 나누어본다. 어느 때든, 어떠한 상황 속에서든 우리 늘 지혜롭게 살도록 하자! 혹시나 속상했던 마음들, 털어버리자!

다음은 심리학자들이 말하는 '화 안 내는 10가지 방법'이라고 한다. 아주 작은 일에도 짜증나기 쉬운 때, 마음에 새길 만한 것 같다(각 방법에 대한 설명글은 너희들 상황에 맞게 내가 다시 다듬어본 것이다).

화 안 내는 10가지 방법

1. '~해야만 한다'는 생각을 버리자.
화가 났을 때 '어떻게 이런 일이 있을 수 있지?', '쟤는 나에게 이렇게 했어야 해' 같이 생각하는 것은 합리적이지 않다. 세상에 '있을 수 없는 일'이란 없고, '~해야만 하는 사람'도 없기 때문이다. '나는 고3인데', '내가 그동안 쟤한테 어떻게 했는데' 같은 생각도 자신만의 기준일 뿐이다.

2. 극단적인 표현을 삼가자.
"저 친구와는 끝이야!", "열 받아 미치겠어" 대신 그냥 "기분이 좋지 않다"라고 말하자. 말 한 마디에 따라 기분도 바뀐다.

3. '나 같으면 절대'와 같은 가정은 하지 말자.
솔직히 말해서 그 친구가 혹은 그 사람이 '나같이' 행동해야만 한다는 근거는 어디에도 없다. 입장 바꿔놓고 생각하면 답이 나온다. 그 친구 입장에선 또 다른 사정이 있을 수 있는 거다.

4. 가끔은 인간은 누구나 불완전하다는 걸 인정하자.

가끔은 말도 안 된다고 생각되는 것도 당연하다고 받아들여보자. '나로서는 이런 건 참을 수 없어'라고 생각해봤자 스트레스만 커진다. 우리가 사는 세상은 너무 다양하고 또한 미완성일 수 있음을 인정하자. 주변 사람이 모두 착할 수는 없다.

5. 사람과 행동을 구별하자.

'죄는 미워하되 사람은 미워하지 마라!' 특정 행동에 대해서는 비판하되 행위자 자체를 '용서할 수 없는 나쁜 녀석'으로 규정하진 말자. 오히려 나의 분노, 혹은 그 결과물인 욕설과 폭력을 정당화하려는 자기합리화일 수 있으니까.

6. 오늘 낼 화를 내일로 미뤄보자.

흥분한 상태에서는 정말 실수하기 쉽다. 당장 화를 터뜨리고 싶더라도 일단 그 화를 한번 미뤄보자. 어쩌다 분노 타이밍을 놓쳐 차분한 상태가 된 경험들 있을 거다. 그때는 화를 내려고 해도 잘 안 된다. 차분한 상태로 대응하는 게 언제나 나에게 이롭다는 사실 잊지 말자.

7. 화를 내는 게 어떤 효용이 있는지 생각하자.

거의 대부분의 경우 분노의 표출은 인간관계와 그 상황을 악화시킬 뿐이다. (경험상 다들 알 거라 생각한다.) 화내봤자 이득이 없다고 생각되면 쉽게 화를 거둘 수 있다.

8. 제3자에게 화풀이하지 말자.
우리가 부모님이나 형제, 혹은 친구들에게 가장 쉽게 실수하는 부분일 거다. 내가 화났다고 괜히 그 불똥을 다른 사람에게 튀기면 갈등은 두 배로 커져버린다. 화풀이를 '화난 자의 당연한 권리'로 생각하고 있지는 않은지 스스로 돌아보자. 왕따 되기 십상이다!.

9. 좋았던 기억을 떠올려보자.
분노를 이기기 위해서는 노력이 필요하다. 누군가에게 화가 났다면 그와 나눈 즐거웠던 추억을 떠올려보자. 현재의 상한 마음에 좋은 기억이라는 약을 선물해보자.

10. 남의 일처럼 생각해보자.
그 상황을 한 발 떨어져서 바라보는 것도 도움이 된다. 마치 내가 주인공인 드라마를 보는 기분으로 한 발 떨어져 생각하면 비극적인 상황도 낭만적이거나 코믹하게 느껴질 수 있다.

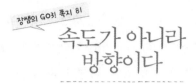

속도가 아니라 방향이다

이번 주는 재수, 삼수하는 졸업생들을 격려하는 차원에서 선생님들이 피자와 치킨을 준비해서 학원을 방문하고 있다. 그 작은 것에도 얼마나 감사하고 고마워하던지…. 그 모습이 조금은 안쓰럽기까지 했다. 한 번, 그리고 두 번의 실패를 맛본 졸업생들은 입시와 공부에 대한 간절함과 절박함이 몸에 배어 있다. 그리고 또 다시 실패할지도 모른다는 생각 때문인지 이전보다 더 불안해하는 모습도 보인다.

하지만 그들의 눈빛만은 살아 있다. 남들이 보기에 처절하다 싶을 정도로 노력하고 있는 것도 사실이다. 그리고 그들도 우리의 경쟁자다. 지금 함께 놀고, 함께 졸고 있는 반 친구들만이 경쟁자라 생각하고 안심한다면 큰 코 다칠 수 있다.

그렇다고 너무 조급해하지는 마라. 불안해하지도 마라. 누구나 조급해질 수 있는 시기이지만, 급할수록 천천히 가야 한다.

우리 인생은 속도가 아니라 방향이다. 방향을 잘 정하고 차근차근 천천히, 그러나 꾸준히 가면 되는 거다. 꾸준한 것, 그리고 끝까지 포기하지 않는 것이 최선이라는 것을 잊으면 안 된다. 차근차근 한 걸음 한 걸음 내딛다보면 벌써 내 수준이 저만큼 가 있다는 것을 발견하게 될 것이다. 이것이 바로 노력한 사람과 안 한 사람의 차이일 것이다.

오늘 하루도 자신이 생각하고 있는 그 방향을 바라보며 천천히 꾸준히 발걸음을 내딛어보자. 분명히 우리를 웃음 짓게 할 날이 곧 올 것이다!

1. 청소를 좀 더 효율적으로 하기 위해 3조로 나누었건만…. 여전히 제대로 이루어지고 있지 않다. 쓰레기가 수북이 쌓여 있어도 자기 할 일만 하고는 손을 놓아버리는 모습을 본다. 이제부터 제대로 되지 않으면 1주일 더 하게 될 테니, 모두 각오하도록!
2. 오늘 또한 휴식으로서의 잠이 아닌 나태로서의 잠은 안 된다!

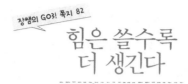

힘은 쓸수록
더 생긴다

8년 전에 돌아가신 아버지 생각이 난다. 내가 군에 있을 때 뇌출혈로 쓰러지셔서 오랜 기간 병석에 계시다가 돌아가셨다. 오랜 병수발에 효자 없다고 했던가. 아버지의 병간호로 많이 힘들어했던 기억이 있지만, 지금 생각하면 좀 더 잘하지 못한 불효가 너무 커서 늘 죄스러운 심정이다.

10년 넘게 병석에 누워 계시던 아버지의 팔다리는 늘 앙상했다. 아무것도 하지 않고 누워만 계시는 데도 예전의 모습은 없어지고, 뼈만 앙상하게 남았다. 근력이라는 것이 그렇다. 쓰지 않으면 더 약해지고 힘을 더 잃어버리게 되어 결국은 앙상해진다고 한다.

힘에 부치면 그냥 놓아버리는 사람이 있다. 그런 사람은 점점 근력이 약해져 갈수록 더 힘을 못 쓰게 될 것이 분명하다. 반면 힘에 부칠수록 오히려 더 힘을 내는 사람도 있다. 그 사람은 지금 당장은 힘들더라도, 분명 근력이 점점 더 붙고 더 큰 힘이 생겨 결국은 더 큰 도전이 가능할 것이다.

어려운 일을 해내면 힘이 생긴다. 지금 가지고 있는 힘으로 작은 도전에 계속 성공하다 보면, 그것은 그 무엇과도 바꿀 수 없는 큰 에너지가 되어, 그 사람을 자신감 넘치고 세상을 바꿀 수 있는 사람으로 만들어간다고 믿는다. 그것이 '세상을 바꾸는 사람들의 에너지 법칙'이다.

요즘 들어 교실에 누워 있는 모습들을 흔하게 본다. 안쓰럽고 안타까운 것이 솔직한 심정이지만, 중요한 시험을 앞두고 있는 사람들로서 반성하고 돌아봐야 한다. 잠깐의 쉼은 분명 필요하겠지만 그 쉼이 계속 반복되어서는 안 된다. 힘에 부치거든 젖 먹던 힘까지 내보자. 힘은 쏠수록 더 생긴다는 법칙이, 남아 있는 시간 동안 우리 반 모두에게 적용되기를 응원한다.

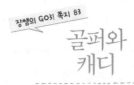

골퍼와
캐디

한국 사람들은 다른 나라 사람들에 비해서 자신이 행복하지 않다고 느낀다고 한다. 여러 이유가 있겠지만, 그중 하나가 열등감이 불러오는 욕심 때문이라고 한다. 우리나라 사람들은 서로를 비교하며 우열을 가리기를 좋아한다. 그래서 자신에게 가진 것이 없어도, 자기가 조금 못하더라도 어떻게 해서든 남보다 나아보이기를 욕망한다. 하지만 이러한 욕망은 사람을 공허하게 한다.

나를 포함해서 우리 모두가 남에게 우월해 보이기 위해 공허한 삶을 선택하지 않았으면 좋겠다. 내가 노력한 만큼의 보람을 느끼는 것이 진실하고 행복한 삶이다. 노력한 것 이상의 성과가 나오기를 기다린다면, 최종 결과 앞에서 늘 실망하고 불행할 수밖에 없다.

같은 골프 코스를 걷고 있지만, 골퍼와 캐디의 마음가짐은 다르다고 한다. 골퍼는 비록 돈을 내고 걷지만, 승리라는 목표에 집중하며 순간순간을 즐긴다. 하지만 캐디는 돈을 받고 걷고 있지만, 그것을 노동이라고 생각하기 때문에 힘들어한다. 지금 공부하는 너희들은 골퍼의 마음인가, 캐디의 마음인가. 스스로에게 한번 물어보자.

답답하고 불편한 마음으로 그저 시간이 어서 지나가기만을 바라는 캐디의 마음이 아닌, 자신의 소중한 꿈을 이루는 기쁨의 순간을 위해 지금 걷고 있는 이 길을 하나의 과정으로 여기며 연습하는 골퍼의 마음으로 이 순간을 즐길 수 있었으면 한다. 파이팅하자!

스스로 한계를
만들지 말자

산을 넘기도 전에 '나에게 너무 높아' 하고 주저앉는다면, 달리기도 전에 '내겐 너무 멀어' 하며 앉아 있다면, 짐을 들기도 전에 '너무 무거워 보여' 하며 포기한다면 오늘의 월드컵도, 올림픽도, 노벨상도 존재하지 않았을 거다. 대부분의 실패는 환경이 나쁘거나 실력이 부족해서라기보다는 스스로 한계라고 느끼고 포기했을 때 찾아온다.

_'고도원의 아침편지' 중

지금 이 순간에도 스스로의 한계를 만들고 있는 것은 아닌가! 못한다고 생각하는 순간, 그 사람은 실패자, 패배자가 된다. 스스로 만들어낸 한계에 자신을 가두지 말자. 사람에게는 자신이 미처 깨닫지 못한 엄청난 힘과 능력이 잠재되어 있다. 할 수 있다는 믿음, 해내고야 말겠다는 의지가 스스로를 무한한 가능성으로 만드는 거다. 거기에는 한 걸음 더 내딛을 수 있는 용기만이 필요할 뿐이다.

잘될 거라는 믿음! 오늘도 마음속에 새겨보며, 오늘 우리의 한계를 넘어서는 기쁨을 맛볼 수 있기를 진심으로 응원한다!

점심 시간에 한 사람이라도 자습을 하고 있으면 서로가 좀 더 배려하는 성숙한 모습을 기대한다.

벤치마킹
하자

수능까지 남은 시간을 어떻게 효율적으로 보내야 효과를 극대
화할 수 있을지는 우리 모두의 고민이다. 그 고민에 대한 답은
여러 가지가 있겠지만, 기업들이 하고 있는 방법을 통해 그 해
결책을 찾아보는 것도 좋을 것 같다.

기업가들은 기업을 경영하며 '벤치마킹benchmarking'이라는
방법을 잘 활용한다. 무슨 일을 할 때 밑바닥에서부터 완전히
새로운 방식으로 시작하는 것이 아니라, 이미 성공한 사업이나
기업을 철저히 분석해 목표로 삼고 아주 사소한 부분까지도 배
우려고 노력한다. 물론 벤치마킹이 무조건 따라하는 전략을 말
하는 것은 아니다. 좋은 점을 취해 자신에게 맞게끔 적절하게
수정해 응용한다면, 더 빠르게 최고의 길에 오를 수 있다.

우리에게도 벤치마킹이 필요하다. 시간을 효율적으로 잘 보
내고 있는 누군가가 있다면 그 친구의 장점을 배우고 자신에게

적용해보자. 같은 시간을 누구보다 잘 활용하고 있는 친구들이 교실 여기저기에 있다. 어쩌면 가장 가까이에 있는 그 친구의 모습이 남은 시간을 효율적으로 보낼 수 있는 방법을 찾는 최고의 해결책이 아닐까 싶다. 그들이 쉬는 시간과 점심 시간을 보내는 모습, 자습하는 모습, 그리고 잠시 쉬는 모습 등을 잘 관찰하다 보면, 내가 지금 하고 있는 공부법의 문제점을 발견할 수도 있을 것이다. 물론 똑같이 따라한다고 그 효과가 똑같지는 않겠지만, 그들이 순간순간 최선을 다하고 있는 모습을 통해 긍정적인 자극을 받을 수 있을 것이다.

지금 지치면 안 된다. 지금은 시끌벅적한 시장 한가운데 있다 해도 집중을 해야 하는 시기다.

양준혁
선수

개인적으로 제일 좋아하는 스포츠는 당연히 야구고, 그중 제일 좋아하는 팀은 LG트윈스다. 하지만 제일 좋아하는 선수는 지금은 은퇴한 삼성라이온즈의 양준혁 선수다. 다른 팀의 선수를 좋아하는 게 이상하게 보일지도 모르겠지만, 양준혁 선수는 선수로서의 철학이 정말이지 너무나 멋진 사람이다.

그는 18년 동안 프로야구 선수로 활동하면서 최다경기출전, 최다안타, 최다홈런, 최다사사구, 최다타점, 최다득점, 최다루타 등 엄청난 기록을 보유한 굉장한 타자다. 그렇다면 그의 비결은 무엇일까? 사소한 것에도 최선을 다하는 자세라고 나는 생각한다. 그는 잡힐 게 뻔한 땅볼이나 플라이에도 항상 1루까지 전력을 다해서 뛴다. 많은 사람들은 그에게 묻는다. 어차피 1루에서 아웃될 것이 뻔한데 뭣하러 그렇게 죽을힘을 다해서 1루로 뛰어가냐고. 하지만 양준혁 선수의 대답은 항상 똑같다.

그라운드에서 아웃되기 전까지는 아웃이 아니다. 1루에서 살 수 있는 1퍼센트의 가능성만 있다면, 죽을힘을 다해 1루로 뛰어야 하는 것이 당연한 것 아니냐.

실제로 그런 그의 모습 때문에 상대방 선수들은 더 긴장하게 되고 수비에서 실수해 그가 1루에서 아웃되지 않은 적이 많이 있었다. 그는 훗날 사람들이 자신을 1루까지 가장 전력질주한 선수라고 기억해주기 바란다는 말을 하기도 했다.

정말 멋지지 않은가? 이러니 다른 팀 선수여도 가장 좋아할 수밖에 없지 않겠는가? 세상사 다 마찬가지다. 기본에 충실한 자세, 사소한 것에도 최선을 다해 열심을 내는 모습, 단 1퍼센트의 가능성만으로도 죽을힘을 다해 전력질주하는 모습들이 모여 누구도 믿지 못할 기적 같은 일을 만든다고 나는 믿는다.

모두 약속 하나만 하자! 수능을 준비하는 과정 중에 힘든 일이 있더라도 어떠한 순간에도 절대 포기하지 않겠다고, 미리 낙심하지 않고 마지막까지 정말 죽을힘을 다해서 열심을 다해 뛰어가겠다고 말이다.

마지막까지 후회 없이 멋지게 한번 뛰어보자! 결과는 아직 아무도 모른다.

주위를 한번
돌아보자

옛날에 어떤 사냥꾼이 있었다. 어느 날 사냥꾼이 독수리를 잡으려고 화살로 겨누는 순간, 독수리는 자신이 죽는 줄도 모르고 어딘가를 계속 노려보고 있었다. 어디를 보나 싶어 살펴봤더니 독수리는 뱀을 잡기 위해 노려보고 있었던 것이다. 그런데 뱀도 마찬가지로 어딘가를 보고 있었는데, 바로 개구리였다. 그리고 개구리 역시 무당벌레를 잡아먹으려고 미동도 하지 않은 채 있었고, 무당벌레는 진딧물에 정신이 팔려 개구리를 의식하지 못하고 있었다. 이 모습을 본 사냥꾼은 슬그머니 활을 내려놓고, 자기 주위를 살피기 시작했다. 혹 누군가 자신을 잡으려는 것은 아닌가 하는 마음이 들었기 때문이다. 그리고 사냥꾼은 미처 볼 수 없었지만, 저 멀리 그를 뚫어져라 쳐다보는 '적'이 있었다고 한다.

아침에 한 친구를 심하게 혼내놓고 마음이 편하지 않았다. 그런데 조금 전에 전화 한 통을 받았다. 아들의 학교 담임선생님이셨는데, 아들이 너무 산만하고 기본이 되어 있지 않아 가르치기가 너무 힘들다고 하셨다. 다른 교과목의 선생님들도 같은 생각이라고 하신다. 많은 생각이 났지만, 앞의 얘기가 떠올랐다. 가장 가깝다는 자기 자식도 제대로 교육하지 못하는 사람이 지금 누구를 교육하겠다고 그랬는가 싶어 더 부끄럽고 미안했다.

사람은 자기 코앞에 있는 목표에 집중하느라 다른 것을 놓치는 경우가 많다. 수능이라는 목표에만 집중하느라 가족이나 주위 사람들에게 따뜻한 말 한 마디와 미소보다 상처 주는 말과 짜증난 표정으로만 대한 것은 아닌가 한번 생각해보자. 사람 사이의 관계는 한 번 어긋나면 다시 잇기가 어렵다.

벌써 한 해의 4분의 3이 지나갔다. 시험을 코앞에 두고 있는 우리지만, 지금 이 시간들을 너무 분주하게만 보내버리는 것이 아니라, 차분히 그리고 충분히 되새겨보며 본인이 놓치고 지내는 것이 없는지 살필 줄 알았으면 좋겠다.

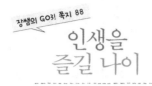

인생을
즐길 나이

어느 텔레비전 프로그램에서 열두 명의 방청객에게 이런 질문
을 던졌다.

"인생을 즐길 수 있는 가장 좋은 나이는 언제일까?"

어린 소녀가 대답한다.

"두 달 된 아기 때요. 모두가 가까이에서 보살펴주잖아요. 그리
고 모두가 사랑해주고 관심도 보여주니까요."

"스무 살입니다. 고등학교도 졸업하고 자동차를 몰고 어디든지
자기가 가고 싶은 곳으로 달려가도 되니까요."

성인 남자가 대답했다.

"스물다섯 살이 제일 좋은 나이죠. 혈기 왕성한 나이니까요."

마흔세 살인 그는 이제 야트막한 고개를 오를 때조차 숨이 가
쁘다. 스물다섯 살 때는 한밤중까지 일을 해도 아무 이상이 없
었지만 지금은 저녁 아홉 시만 되면 잠이 쏟아진다고 덧붙였다.

어떤 이는 마흔이 인생이 정점이고 활기도 남아 있어 가장 좋은 때라고 했다. 어느 숙녀는 쉰다섯이 되면 자식을 부양하는 가사 책임에서 놓여서 좋은 나이라고 했다. 예순다섯 살이 좋다는 남자는 그 나이에는 직장을 은퇴한 다음 인생을 편안하게 쉴 수 있다고 말했다.

이제 방청객 가운데 대답을 하지 않은 사람은 가장 나이가 많은 할머니 한 사람뿐이었다. 그 할머니는 모든 사람들의 얘기를 주의 깊게 듣고는 환하게 웃으며 이렇게 말했다.

"모든 나이가 다 좋은 나이지요. 여러분은 지금 자기 나이가 주는 즐거움을 마음껏 즐기세요."

_메다드 라즈,《세상을 바꾸는 작은 관심》중

사람들은 지나간 시간의 좋았던 때는 추억하지만, 지금 이 순간의 기쁨을 찾는 것은 힘들어한다. 매일의 기쁨이 모여 또 하나의 추억이 된다는 사실을 간과하는 것 같다. 생의 끝, 죽음의 문턱에 선 사람에게는 과거의 모든 시간이 행복이고 추억이고 즐길 만한 시간일 것이다.

이제 얼마 남지 않은 지금 이 순간, 혹시 3학년이 처음 시작됐던 그때로 돌아가고 싶다고 생각하는 건 아닌가. 아니면 여름방학으로, 아니 한 달 전으로만 돌아가도 좋겠다고 생각하고 있는가. 모두에게 똑같은 시간이 주어졌지만, 어떤 사람은 정말 열심히 보냈고, 어떤 사람은 무기력하게 시간에 떠밀려오기만 했을 수도 있다. 그 결과 지금 상황이 모두에게 똑같지 않다는 것이 마음 아프다.

참 빨리 지나가버린 시간들이지만 아직 우리에게 오늘, 내일, 한 주, 그리고 한 달이 남아 있다. 자신이 지금 보내는 이 시간을 하나의 좋은 추억을 만드는 과정으로 생각하며, 낙담보다는 기쁨을 쌓아가보자. 아직 즐길 시간은 남아 있다.

군군신신부부자자

요즘 사회 상황을 바라보며 안타까운 것은 서로가 서로를 믿지 못하는 사회가 되어버린 것이다. 부모와 자식이, 학생과 선생이, 이웃과 이웃이, 국민과 기업과 언론과 국가가… 서로서로 믿지 못한다.

우연히 시청한 토론회에서 누군가가 "기자는 기자답고 PD는 PD답고 정치인은 정치인답고 국민은 국민다우면, 나라가 나라답게 될 것"이라고 했다. 공자의 '임금은 임금다워야 하며 신하는 신하다워야 하고, 아비는 아비다워야 하며 자식은 자식다워야 한다君君臣臣父父子子'라는 말에서 비롯된 이야기였는데, 이 말을 듣고 나는 고3으로 이 땅을 살아가고 있는 너희들이 생각났다.

공자의 이 말은 자신의 자리에서 묵묵히 자신의 일과 책임을 잘 감당하는 것이 중요함을 뜻한다. 그런 맥락에서 볼 때 고3으로서의 말은 바 일과 책임을 묵묵히 수행하고 있는 지금 너희들이 가장 가치 있는 삶을 살고 있는 사람들이 아닐까 싶다. 그래서 대견하고 고맙다.

솔직히 우리들 삶이라는 게 '묵묵히', '답게' 살아내기가 여간 어려운 게 아니다. 각자는 그렇게 살고 싶은데 주변에서 흔들어 놓기도 하고, 남들이 편하고 쉽고 넓은 길로 잘만 가는 것을 볼 때 '묵묵히', '답게' 살아가는 것의 가치에 대해 혼란을 겪을 수도 있다. 하지만 때로 고단하게 느껴질 수도 있는 그런 삶을 살아낼 때 비로소 신뢰를 얻게 된다는 사실을 마음 깊이 새겨놓길 바란다.

나 역시 너희들의 담임다운 것이 무엇인지, 내 자리에서 묵묵히, 끝까지 책임지며 수행할 일이 무엇인지 끊임없이 질문하며 내 삶을 감당할 것이다.

아침에 성적표를 나누어 주었는데, 각자 문제의식을 갖고 세밀하게 살펴보기 바란다.

실전 적응력을
높여야 한다

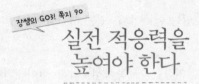

현재 자신의 실력을 파악하기 위해 모의고사는 중요하다. 그런데 이 시험에는 또 다른 중요성이 있다. 모의고사는 시험을 잘 보고 못 보고를 떠나서, 실전처럼 시험을 볼 수 있다는 점에서 필요하고 중요하다. 생각해보면 시험뿐 아니라 삶의 모든 부분에서 모의고사와 같은 장치가 있어서 연습할 수 있다면, 얼마나 많은 시행착오를 줄일 수 있을까.

이전에도 했던 이야기지만 《모리와 함께 한 화요일》이라는 책에는 모리가 죽기 전 미리 사랑하는 사람들을 불러놓고 본인의 장례식을 치르는 장면이 나온다. 사랑하는 사람들을 죽기 전에 볼 수 있다는 것도 의미 있는 일이겠지만, 그 시간들을 통해 모리는 다른 사람은 결코 느낄 수 없는 삶의 소중함과 곁에 사랑하는 사람들이 있다는 사실이 얼마나 감사한 것인지 분명 느꼈을 것이다.

운동 선수들도 본 게임에 앞서 한번이라도 실전 같은 환경에서 연습하려고 노력하고 또 노력한다. 연습에서의 목표는 개인 기록 단축이라든가 팀의 승리가 아니라, 실전에 대한 적응력을 높이는 것이다. 그래서 아무리 대단한 선수라고 하더라도 한번이라도 더 연습 경기를 하기 위해 노력하는 것이다. 기록이 나오지 않을 것 같아서 연습 경기를 피하거나, 지고 나서 실망이 클 것을 생각해 피한다면, 실전에서 무엇을 기대할 수 있겠는가.

실제로 수능 시험과 동일한 환경에서 시뮬레이션을 할 수 있는 기회는 스스로 절대 만들 수 없다. 혼자 도서실이든 학교 책상에서 시간을 재면서 한다 하더라도 그것은 차선책일 뿐 절대 동일한 환경이 될 수 없다.

수능이 다가올수록 실전 연습의 중요도는 급격하게 올라가는 법이다. 혹시 수능을 앞두고 11월 사설 모의고사를 보게 된다면 결과에는 절대 연연해하지 마라. 오직 실전 연습용이라는 관점만 유지하길 바란다. 그것만으로도 그 시험은 충분히 의미가 있다.

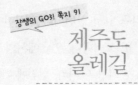

제주도
올레길

🌹

제주도 올레길을 처음으로 생각한 사람에게 많은 이들이 처음
에는 비아냥댔다고 한다.

"비싼 비행기 타고 제주까지 걸으러 오겠어?"

하지만 그녀는 5년, 10년, 아니 50년, 100년 뒤에 빛을 볼지
도 모르지만 새 길을 내야 한다는 생각에 올레길을 만들었고,
지금은 제주도의 가장 큰 명소로 꼽히고 있다.

내가 나무 심었던 얘기를 한 적이 있었다. 지난번 너희들에게
고기를 사주셨던 선생님의 장인어른은 지금도 그곳에 이것저
것 많은 것을 심고 가꾸고 정성을 쏟으신다. 누군가 "지금 이런
거 심어봤자 열매 맺는 거 보지도 못하실 텐데 뭘 그리 열심히
하냐"라고 이야기를 해도, 언제나 묵묵히 그 일을 하신다. 장인
어른의 마음속에는 당신이 그 열매를 거두는 모습이 아니라 나
중에 손자손녀들이 이곳에 와서 열매를 거두고 잠시 쉬어가는

모습에 대한 기대로 가득하시다. 그렇기에 그 일을 묵묵히 행복하게 해나가실 수 있는 것이다.

그런 장인어른의 모습은 내게 많은 가르침을 준다. 당장 눈앞에 큰 시험을 앞두고 있는 너희들에게 역설적으로 더 큰 가르침을 줄 수 있을 것 같다. 지금 당장의 아픔과 고통은 아무것도 아니다. 장차 너희들에게 있을 영광에 비하면 말이다.

눈앞의 달콤함에 빠져 있는 인생이 아니라 5년 뒤, 10년 뒤를 바라보며 힘을 내 준비하는 그런 인생을 살자. 배부른 생각이 아니라 이 땅의 젊은이들인 우리가 마땅히 해야 할 생각이다.

꿈이 있어 행복하고, 아니 앞으로 더 많은 꿈을 꿀 수 있어 더 행복하다고 이야기할 수 있는 10대의 마지막을 멋있게 장식하기 바란다.

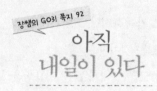

아직
내일이 있다

어느 가게 안에 쓰여 있던 내용인데, 내가 받은 감동을 함께 나누고 싶다.

희망을 안고 문을 연 아침, 사람들은 많이 오가도 아직 개시도 못했다. 그러나 아직 끝나지 않았다. 오전이 있으므로. 오전이 다 가도록 팔리지 않는 물건. 그러나 아직 실망은 이르니, 오후가 있으므로. 누가 알랴, 오후에 갑자기 북새통을 이룰지도. (…) 밤이 다 가도록 변함없는 판매량. 이제는 지칠 법도 하지만 아직 끝나지 않았다, 내일이 있으므로.

내일도 오늘처럼 끝난다 하더라도, 나는 아직 끝나지 않았다. 내 인생이 끝나지 않았으므로. 나는 아직 숨을 쉬고 있고 죽을 때까지 내 심장은 뜨겁게 뛴다. 나의 삶이 끝날 때까지, 포기하기 이르다. 설사 내 삶이 그렇게 끝나더라도, 그래도 아직은 끝나지 않았으니, 내 희망은 언제나 영원하므로….

역사는 포기한 사람을 기억하지 않는다고 한다. 포기하지 않고 자신에게 주어진 꿈과 사명을 이루는 사람들에 의해 역사는 움직인다. 그런데 포기하지 않는 것이 성공의 비결임을 알면서도 대부분의 사람들은 포기한다.

애들아, 꼭 기억해라. 실패에 실패를 거듭해도 포기하지 않는 사람은 반드시 목표를 이루는 날이 올 것이라는 것을.

이제부터라도 인사 좀 제대로 하며 살려고 엘리베이터 안에서부터 인사를 시작했다. 함께 반갑게 인사해주는 사람도 있고 나를 멋쩍게 만드는 사람도 있지만, 내 기분은 오히려 좋더라. 너희들도 한번 시작해봐라.

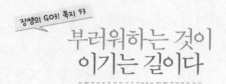

부러워하는 것이
이기는 길이다

수시 원서 접수가 끝났다. 저마다 각자의 지원에 따라 논술, 면접, 적성 준비를 하고 있을 것이다. 그리고 조금 있으면 수시에 합격한 친구들이 나올 것이고, 그들을 부러운 시선으로 바라보는 사람들도 있을 것이다.

만약 본인이라면 어떤 모습으로 그 친구들을 바라볼 것 같은가? 어느 카피처럼 '부러워하면 지는 거다'라는 생각을 가지고 애써 부러워하지 않으려고 발버둥치지는 않을까? 아니면, 오히려 그 노력을 깎아내리며 질투하고 있지는 않을까? 아니면, 마냥 부럽다는 생각만 하고 있을까? 그것도 아니면 본인의 모습을 초라하게 생각하며 자존감만 낮추고 있지는 않을까?

사실 이러한 감정들은 내 주변 사람들이 잘되는 모습을 보며 그동안 내가 느꼈던 것들이기도 하다. 그만큼 난 참 못났다.

자기보다 잘난 사람이나 좋은 성과를 올린 사람을 바라보는 시선은 크게 두 가지로 나눌 수 있다. 질투하거나 아니면 선망하거나. 질투와 선망의 차이는 상대의 성취를 깎아내릴 것인가, 있는 그대로 인정해줄 것인가에 있다.

경쟁이 끝 모르게 치열해진 세상이다. 우리 눈에는 이긴 사람들이 휘날리는 승전기만 보이지만, 실상 항상 이기는 사람이란 없다. 누구나 조금씩 질 수밖에 없는 구조다. 그러므로 문제는 이번에 이겼느냐 졌느냐가 아니다. 이번 경험을 통해 내가 얼마나 성장했느냐가 중요한 것이다.

고3이라는 시간은 너희들을 많이 성숙하게 만드는 시간이기도 하다. 그렇게 믿고 싶고, 정말 그랬으리라 생각된다. 그리고 그 과정 속에서 타인의 성취를 인정하고 존중하는 법도 배워야 함을 잊지 말았으면 좋겠다.

마음껏 부러워해라. 지금의 그 부러움은 앞으로 너희들에게 좋은 자극과 동기부여가 되어 더 큰 성취를 위해 나아가게 할 것이다. 정말 열심히 하고 있는 친구의 모습을 존중하고 배우고 마음껏 부러워함으로써 더 넉넉한 가슴을 품은 큰사람으로 성장하게 될 너희들을 기대해본다.

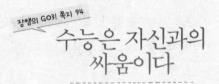

수능은 자신과의 싸움이다

드디어 마지막 모의고사가 끝났구나. 여러 입시 사이트에서 시험 결과를 바탕으로 분석해놓은 글을 보면서 좌절하기도 하고, 또 기분이 좋아지기도 할 것이다. 하지만 아침에 이야기한 것처럼 이번 시험의 의미는 다른 사람들 중에 내 위치가 어느 정도에 있느냐를 판단하는 데 있는 것이 아니다. 상대적인 등급보다는 절대적인 평가가 필요하다. 남들과 상관없이 본인 스스로 알고 모르는 것을 정확하게 판단해, 남은 시간을 누구보다 알차고 의미 있게 보내겠다는 의욕을 보여줄 때라는 말이다.

너희들이 19년을 살아오면서 어느 한 순간 중요하지 않은 때가 없었던 것처럼, 입시를 치르기 위해 중요하지 않은 시기는 없다. 하지만 가장 중요한 시기는 분명 있다. 모두가 수백 번의 시험을 봐와서 잘 알겠지만, 마지막 정리가 제대로 되지 않으면 화장실 갔다가 그냥 나오는 것처럼 찝찝할 것이 분명하다. 이번 시험이 너희들에게 수능까지 남아 있는 시간들을 좀 더 의욕적이고 후회 없이 보내기 위한 큰 자극제가 되길 바라고 좋은 참고자료가 되길 바란다.

다시 한번 강조하지만 남들과의 비교보다 중요한 것이 자기 스스로를 돌아보고 반성하고 더 큰 걸음으로 앞을 향해 발걸음을 내딛는 것임을 기억하길 바란다. 또한 누구의 강요에 의해서가 아니라, 너희들 스스로의 필요에 의해 힘쓰고 전진하는 남은 날들이길 바란다. 수능은 다른 수험생들과의 싸움이기 이전에 자기 스스로와의 싸움임을 꼭 기억해라. 모두들…, 힘내라!

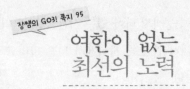

여한이 없는
최선의 노력

딱 3년만 남들이 혀를 차는 생활을 해보자. '아, 전혀 여한이 없는 최선의 노력을 다했다'라고 스스로에게 말해줄 수 있을 만큼 피투성이의 노력을 기울여보자. 지금까지 어떤 경력도 쌓지 못했고, 아무런 기술도 학력도 없다 해도 상관없다. 지금 당신에게 아무것도 없다 해도 당신은 당신이 꿈꾸는 모든 것을 이룰 수 있다. 무엇이든 할 수 있고, 누구든 될 수 있고, 어떤 것이든 가질 수 있다.

_김애리, 《책에 미친 청춘》 중

3년이든 1년이든 그게 중요한 것이 아니다. 중요한 것은 '여한이 없도록' 하는 것이다. 어떤 일을 여한이 없게 몰입하면 인생이 달라진다. 여기저기 기웃거리며 이것도 저것도 아니게 하면, 주어진 시간과 기회를 허송세월하는 꼴이 되고 만다.

이제 수능까지 얼마 남지 않았지만 그 기간만이라도 '여한이 없도록' 해보는 자세는 우리에게 필요하다. '여한이 없는 최선의 노력' 모두에게 부탁한다.

별거 아닌 것 같지만, 말 한 마디가 힘이 될 수 있음을 새삼 느끼며 살고 있다. 바쁘게 공부하고 있는 우리지만, 가끔 서로가 서로에게 따뜻한 말 한 마디 건네보자. 그리고 자는 사람 있다면 깨워주자!

날려 보내기 위해
새를 키운다

어제 밤에 자고 있는데 문자가 하나 왔다. 스케줄러를

다음 주까지 걷으면 안 되냐고. 아마도 공부한 흔적을 확인받고

담임의 허접한 글들을 읽기 위해서가 아니라, 수능 전 마지막

스케줄러이니 하나둘씩 마무리되고 있다는 것에 대한

서글픔과 아쉬움 때문이겠지 싶었다.

생각해보니 요즘 나도 자꾸 무언가를 마무리하려고 한다.

벌써 시간이 이렇게 지나갔구나 하는 생각과 제대로

보내지 못한 것에 대한 아쉬움에 착잡한 마음이 든다.

그리고 또 너희들을 보낼 때가 되었구나 하는 생각에 벌써부터

마음 한구석이 텅 비는 느낌도 든다.

"날려 보내기 위해 새를 키운다"는 도종환 시인의 시구가 있다.

이제 학교가 아닌 사회라는 낯선 곳으로 날아갈 너희들에게

도움 되는 날갯짓을 가르치기보다 오히려 자잘하고 뻔한

잔소리들로 억압해온 것은 아닌가 하는 생각이 든다.

주말에 열심히 공부해라, 청소 잘해라, 졸지 마라, 스케줄러 꼬박꼬박 내라…. 너희들에게 필요한 것은 억압이나 강요가 아닌 자유였을지도 모르는데 말이다. 그래도 늘 믿고 따라주는 너희들이 고맙고 감사했다.

스케줄러는 감시가 아닌 관리를 위해 고안했던 방법이다. 담임으로서 너희들이 공부한 흔적을 감시하겠다는 차원이 아니라, 선생으로서 공부하는 방법과 태도에 대해 관리해주고 싶었다. 그리고 이런저런 나의 생각과 소소한 이야깃거리들을 주저리주저리 너희들에게 글로 표현하면서 친밀감 또한 쌓고 싶었다. 나의 욕심으로 시작했지만, 돌아보니 그것들도 많이 부족했던 것 같아 미안하다. 의욕만 앞섰지 제대로 못한 듯하다. 그래도 부족한 글 읽어주고, 꼬박꼬박 스케줄러 내면서 담임의 생각에 힘을 실으며 함께해준 너희들, 많이 고마웠다. 가끔씩 스케줄러에 끼어 있는 메모들도 고마웠고. 자꾸 쓰다 보니 내일 너희를 졸업시키는 것 같아서, 이만 쓰련다.

7장

넘어져 포기하고 싶을 때, 첫 마음을 기억하라

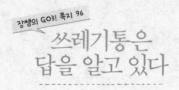

쓰레기통은
답을 알고 있다

예전에 이런 글을 본 적이 있다.

지저분한 곳은 언제나 깨끗이 해야 한다. 부정不淨한 것을 제일
신경 써야 하는 법이지. 깨끗한 것은 조금 더럽혀져도 괜찮다.
하지만 더러운 것은 더 더럽혀서는 안 된다.

_기타노 다케시, 《기타노 다케시의 생각노트》 중

화장실을 보면 그곳의 분위기나 미래를 알 수 있다고 한다.
어느 곳이든, 화장실은 잘못 관리하면 가장 더러울 수 있는 장
소다. 그래서 화장실이 깨끗하다면 그 집이, 그 사무실이, 그 가
게가 깨끗할 거라 생각하게 된다. 또한 가장 더러워지기 쉬운
그곳이 가장 깨끗할 때, 도리어 사람들의 휴식 공간, 창조 공간
이 될 수도 있다고 생각한다.

그렇다면 교실에서 가장 더러워지기 쉬운 곳은 어디일까? 쓰레기통 주변이 아닐까 싶다. 교실에 들어서서 쓰레기통 주변을 보면 그 반의 분위기와 아이들의 성향을 알 수 있다. 깨끗하지 않은 교실이나 쓰레기통 주변을 보면, 수업 들어가는 선생님들의 기분도 좋아지지 않는데, 그 속에서 하루 종일 있어야 하는 너희들은 진정 괜찮은지 묻고 싶다.

사람들은 옆에 있을 땐 그 소중함을 잘 느끼지 못한다. 없어 봐야 비로소 소중함을 느낀다. 쓰레기통도 그중에 하나다. 한때 여러 가지 이유 때문에 거리에서 쓰레기통을 치워버린 적이 있다. 길에서 쓰레기가 생기면 어떻게 해야 할지 몰라 난처했던 기억이 있다. 다시 주머니나 가방에 넣어버리면 다행이지만, 길한 모퉁이에 누구 하나가 버리기 시작하면 그곳은 금세 각종 쓰레기로 뒤덮여 보기 흉한 곳이 되어버린다.

지나가는 말로 했던 것처럼 교실에 쓰레기통을 없애고 바닥에 그냥 버리며 한번 지내볼까? 없으면 어떻게 지내게 되는지 나도 궁금하다. 백번의 말보다 때로는 한번 겪어보게 하는 것도 좋은 교육 방법이겠다 싶다.

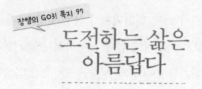

도전하는 삶은
아름답다

꼭 만족할 만한 성과를 얻기 위해 도전하는 것은 아니다. 최선을 다한다면 얻을 수도 있고 얻지 못할 수도 있다. 하지만 도전은 반드시 자신의 세계를 넓히게 마련이다. 그것이 더 중요한 것이다.

_김희중, 《가슴이 따뜻한 사람과 만나고 싶다》 중

무언가에 도전한다는 것은 그동안 남이 가지 않은 길을 스스로 만들어가겠다는 의지이자 반드시 새로운 것을 창조해내고야 말겠다는 굳은 다짐이다. 앞은 캄캄하고 길은 험할지라도 스스로를 믿고 목표를 향해 한 발자국씩 나아간다면, 그 길에는 조금씩 빛이 비추고 싹이 날 것이다. 또한 어느새 내 뒤를 조심히 따라오고 있는 사람들이 있음에 외롭지 않고 힘이 날 것이다. 또한 점점 그 길이 편안한 지름길로도 느껴질 것이다.

언젠가 오프리 윈프리가 말한 네 가지 사명에 대해서 들려준 적이 있다. 그녀는 인생에서 가장 위험한 일은 '조금도 위험을 감수하지 않는 것'이라고 말했다. 굴곡과 상처가 많았던 인생을 누구보다 멋지게 통과해낸 그녀가 들려주는 메시지이기에 더 값지다. 때로는 위험을 감수하면서 문제와 상황 속에 자신을 내던져야 길이 열리고 성장하는 자신을 만날 수 있게 된다. 그러한 경험을 해본 사람은 도전을 두려워하지 않는다.

움직이지 않으면 아무 일도 일어나지 않는다.

수험생에게는 모든 것이 남들보다 더 힘들 게 느껴질 수밖에 없다. 어떻게 이 시간들을 흔들리지 않고 극복할 수 있느냐 하는 마음의 힘은 정말 중요하다. 스스로를 한번 믿어보자. 너희 모두는 다 '엄청난 가능성들'이니까 말이다!

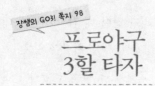

프로야구
3할 타자

만약 병에 걸린 환자에게 완치율이 30퍼센트밖에 되지 않는다
고 하면, 매우 절망적일 것이다. 병을 치료하면서 고통스럽기보
다 차라리 남은 생을 잘 정리하는 게 낫다고 생각할지도 모르
겠다. 일을 할 때도 성공률이 30퍼센트라면, 선뜻 그 일을 시작
하기 쉽지 않을 것이다.

하지만 프로야구에서는 다르다. 보통 타자들의 목표는 타율
3할이다. 타율이 3할이 넘으면 흔히 강타자라고 한다. 타자들은
일곱 번의 실패를 딛고 세 번의 안타를 치기 위해 긴 시간 고된
훈련을 계속한다. 또한 이보다 낮은 성공 확률에 도전하는 사
람도 많다. 1퍼센트의 가능성만 있다면, 자신의 모든 것을 걸고
힘과 노력을 쏟아내는 사람이 이 세상에는 얼마든지 있다.

이들이 이렇게 낮은 확률에 도전하는 이유는 무엇일까? 비
록 낮은 확률이지만, 그 안에 들게 될 때 얻게 되는 짜릿한 성

공의 기쁨 때문일 것이다. 한 번의 실패도 없이 모든 일을 성공하는 경우는 없다. 일곱 번의 실패가 있었기 때문에 강타자가 될 수 있다. 따라서 그 실패가 무가치한 일이었다고 말할 수 없는 거다.

병을 완치하는 데는 정확한 진단과 처방이 필요하듯, 실패의 원인이 확실하면 반드시 성공할 방법을 찾아낼 수 있다. 그리고 실패의 경험이 성공의 안내자가 될 수 있다는 것을 잊지 말자. 모의고사 결과에 너무 마음 아파하지 말고 더 힘을 내는 계기가 되기를 바란다.

독일 격언 중에 이런 말이 있다. 모두의 마음판에 평생 새기도록 하자.

"실패와 실수가 전화위복이 되게 하라!"

실패하는 사람들의 9가지 잘못

실패하는 사람들의 9가지 잘못

1. 실패자는 책임을 상대방에게 넘긴다.

   자신의 잘못은 인정하지 않고 실패를 타인의 잘못이나 불운의 소치로 돌린다.

2. 자기비난과 자기학대의 파멸의 길로 자신을 인도한다.

   실패를 통해 성공의 길을 배울 수 있음에도 오히려 자기비난으로 더 이상 발전을 기대할 수 없게 만든다.

3. 정확한 목표 없이 성공의 여행을 떠나는 자는 실패한다.

   목표 없이 일을 진행하는 사람은 기회가 와도 그 기회를 모르고 준비가 안 되어 있어 실행할 수 없다.

4. 잘못된 목표 설정은 성공해도 성취감을 못 느낀다.

   많은 성공한 사람들이 성공해도 허탈해하는 것을 볼 수 있다. 그것은 잘못된 목표 설정 때문이다.

5. 쉬운 길, 편안한 길로 가는 사람은 성공의 묘미를 못 느낀다.

  어려움 없이 성취되는 것은 하나도 없다.

6. 혼자서는 성공해도 상처뿐인 영광만 얻는다.

  다른 사람들과 협조하며 성공의 길을 간다면 쉽고도 빠르

  게 갈 수 있다.

7. 작은 일, 사소한 일을 소홀히 한다.

  실패자는 큰일만 좇다가 작은 일의 중요성을 간과하여 낭패

  를 당하기 일쑤다.

8. 실패자는 너무 빨리 단념하는 패착을 놓는다.

  어려울 때, 힘들 때일수록 더욱 열심히 연마해야만 성공의

  풍선을 터트릴 수 있는 것이다.

9. 과거에 집착한다.

  실패자는 흔히 과거에는 잘나갔다느니 하면서 현실로 돌아

  오지 못하고 과거에 머무르는 경우가 많다.

  이 내용은 세계적인 성공학 강사인 노먼 빈센트 필 목사가
한 조언이다. 그렇다. 살다 보면 언제든지 실패할 수 있다. 실패
가 성공을 위한 필수조건일 수도 있다. 실패를 통해 얻은 경험
들이 성장의 밑거름이 되는 경우가 많기 때문이다. 따라서 단
한 번의 실패가 자신의 발목을 잡아 넘어뜨리게 해서는 안 된

다. 또한 무조건 실패를 피해 가려고만 해서도 안 된다. 실패 없는 쉬운 길은 성공과는 거리가 멀다.

그래도 바람은…, 너희나 내가 실패하는 삶을 살지 않았으면 좋겠다. 아니 치명적인 실패는 없는 삶이었으면 좋겠다.

좋은 글을 봤다고 포스트잇에 글을 써준 녀석이 있다. 그 글을 보고 반성이 되었고 열심히 해야겠다는 마음도 가졌다고 하는데, 모두가 보고 힘냈으면 좋겠다!

"휴식과 나태함을 구분하라."

내 앞에 흐르고 있는
시간만큼은

수능이 얼마 남지 않은 지금 이 시점에서 가장 떠오르기 쉬운 것은 그동안 더 열심히 하지 못한 것에 대한 아쉬움과 미련일 수 있다.

하지만 불행했던 혹은 화려했던 과거에 사로잡혀 있는 사람은 자신의 현재를 미워하고 있는 셈이다. 또한 앞으로 다가올 미래를 두려워하고 있는 것이다. 과거 때문에 내가 오늘 이 순간을 통해 바꿔갈 수도 있을 미래까지 포기해버리는 것이다. 혹시 너희들 마음에 이런 생각이 조금이라도 있을까 걱정이 된다.

이미 흘러간 시간은 다시 붙잡아와 고치거나 새롭게 재생시킬 수 없다. 하지만 지금 내 앞에서 흐르고 있는 현재라는 시간은 나의 의지에 따라 얼마든지 바꿀 수 있다. 그리고 그러한 현재가 모여 미래의 나를 새롭게 만들어간다. 우리가 지금 관심을 기울여야 할 것은 지나간 과거의 불행 혹은 성공이 아니라, 지금 내가 그려가고 있는 시간을 대하는 마음가짐이다.

내가 바라는 행복과 희망으로 가득한 미래는 '바로 지금'을 어떻게 보내느냐에 따라 결정된다는 사실을 잊지 말았으면 좋겠다. 오늘 아침 얘기했던 것처럼 선물로 주어진 지금이라는 시간을 누구보다 잘 보내는 것이 지금 내가 할 수 있는 최선임을 꼭 기억하기 바란다.

"우리 인생의 목표는 '지금까지'가 아니라 '지금부터'입니다."

도전하는 사람들에게 실패라는 것도 있는 것이다. 오늘 수시 발표 나고 마음 아파하는 친구들 한번씩 안아주고 위로해줬으면 한다.

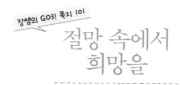

절망 속에서
희망을

많이 알려진 이야기이지만, 어떤 신발 회사에서 아프리카 시장 개척을 위해 두 명의 판매사원을 보냈다. 몇 주 동안의 시장조사 후 한 명이 전보를 보내왔다.

"여기에서는 아무도 신발을 신지 않음. 수요는 전무함. 상황은 절망적임."

그런데 또 다른 사원은 전혀 다른 전보를 보내왔다.

"여기에서는 아무도 신발을 신지 않음. 수요는 무궁무진함. 경쟁자도 없음. 상황은 아주 좋음."

이처럼 같은 상황, 똑같은 사실을 놓고도 생각하기에 따라서 이렇게 판이한 해석이 가능하다.

너희들은 어떤가? 수능 때까지 남아 있는 이 시간들을 어떤 관점에서 바라보고 있는가? 긍정적인가 부정적인가?

수없이 많은 '세계 최초'라는 수식어가 붙어 있는 프로그래밍 언어 설계자이자 미 해군 최초 여성 제독이기도 한 그레이스 호퍼는 이렇게 말했다.

그간 우리에게 가장 큰 피해를 끼친 말은 바로 '지금껏 항상 그렇게 해왔어'라는 말이다.
The most damaging phrase in the language is; 'It's always been done that way.'

'지금까지 그랬다'라는 생각으로는 아무것도 할 수 없다. '지금까지 그랬기 때문에 이제 새롭게 변화시킬 수 있다'라고 생각해야 한다.

남은 시간 동안 지금까지의 시행착오를 발판으로 좀 더 변화를 주고, 잘될 수 있다는 마음으로 의욕적으로 시간을 보내주기 바란다. 그리고 평탄히 가는 길에 조그마한 구덩이만 있어도 환경을 탓하고 사람을 원망하는 '애'가 아니라, 험하고 캄캄한 길이라도 조그마한 빛을 보며 감사할 수 있는 '어른'들로 성장해주길 진심으로 기도한다.

너희와 나, 항상 긍정적이고 어떤 상황에서도 희망을 발견할 수 있는 그런 멋진 인생 살았으면 좋겠다! 파이팅이다!

입시는
새옹지마

인생은 변화가 많아서 예측하기가 어렵다는 뜻의 '새옹지마塞翁之馬'라는 사자성어가 있다. 이 사자성어에 대한 이야기는 다들 한번쯤은 들어봤을 거다.

옛날 중국의 북쪽 변방에 한 노인이 살고 있었는데, 어느 날이 노인이 기르던 말이 멀리 달아나버렸다. 마을 사람들이 이를 위로하자 노인은 "오히려 복이 될지 누가 알겠소"라고 말했다. 몇 달이 지난 어느 날 그 말이 한 필의 준마를 데리고 돌아왔다. 마을 사람들이 이를 축하하자 노인은 "도리어 화가 되는지 누가 알겠소"라며 불안해했다. 그런데 어느 날 말 타기를 좋아하는 노인의 아들이 그 준마를 타다가 떨어져 다리가 부러졌다. 마을 사람들이 이를 걱정하며 위로하자 이번에도 노인은 "이것이 또 복이 될지 누가 알겠소"라며 태연하게 받아들였다. 그로부터 1년이 지난 어느 날 마을 젊은이들은 전쟁터로 불려

나가 대부분 죽었으나, 노인의 아들은 말에서 떨어진 후 절름발이가 되었기 때문에 전쟁에 나가지 않아 죽음을 면하게 되었다.

인생은 한 치 앞도 알 수 없다는 말이 있다. 지금까지 성적이 조금 잘 나오고 있다고 우쭐댈 것도 없거니와, 생각보다 잘 안 나왔다고 결코 기죽을 것도 없다. 오히려 잘 나오지 않은 성적은 좋은 동기부여가 될 수 있다는 것을 많은 너희 선배들의 모습에서 확인할 수 있었다. 만족스럽지 못한 성적이 오히려 좋은 자극제가 되어서 남은 기간 동안 더 열심히 해 결국 본인이 이루고자 했던 목표보다 더 좋은 결과를 얻은 경우도 있었고, 수시 합격으로 세상의 모든 것을 다 얻은 것처럼 기뻐했지만 막상 대학에 들어간 후 전공에 적응하지 못하고 후회하다가 결국 자퇴하는 경우도 보았다.

그런 면에서 입시는 새옹지마다. 그리고 인생도 새옹지마다. 항상 겸손한 자세로 주어진 환경에 최선을 다하고 목표와 꿈을 향해 달려간다면, 시간이 조금 더 걸리고 조금 돌아가더라도 반드시 함박웃음을 지을 수 있는 날이 꼭 오리라 생각한다.

기죽지 마라. 낙심하지도 말고. 슬픔이 변하여 기쁨이 될 날을 기대하고 소망하는 너희들이길 바란다.

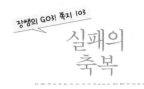

실패의
축복

오늘 아침에 읽은 좋은 글을 함께 나눈다. 이 글은 미국 유나이티드테크놀로지 사가 〈월스트리트저널〉에 게재한 광고문 중 일부라고 하는데, 참 와 닿았다.

여러분들은 기억도 할 수 없는 수많은 실패를 경험했습니다.

처음 걸음마를 하기 위해서 일어서다가 넘어졌을 것입니다.

처음 수영을 배울 때 물에 빠지기도 했을 것입니다.

홈런을 많이 치는 타자일수록 삼진 아웃이 많습니다.

R. H. 메이시는 뉴욕에서 일곱 번의 실패 끝에 점포를 얻어 그 유명한 메이시 백화점을 세웠습니다.

영국의 소설가 존 크래시는 564권의 책을 출판하면서, 출판사로부터 753번의 출판 거절을 당했습니다.

베이브 루스는 1330번의 삼진을 당했지만, 714개의 홈런을 때

렸습니다.

실패를 두려워하지 마십시오.

시도하지 않는 것 때문에 기회를 잃는 것을 염려하십시오.

주말마다 대학별 시험이 치러지고 있고, 수시 전형의 단계별 합격자가 발표되고 있다. 합격의 기쁨도 있지만, 불합격의 아픔이 더 많은 것이 현실이기에 안타까움이 크다. 내 마음도 이런데, 본인들 마음이야 오죽하겠는가.

기대했던 것이 실패했을 때의 가슴 저림은 경험해본 사람만이 알 수 있는 것이다. 그래도 기억해야 할 것이 있다.

"인생은 흘러가는 것이 아니라 채워지는 것이다."

지금의 작은 시련과 실패는 그냥 흘러가버리는 것이 아니라, 이것들이 너희들의 인생에서 더 큰 축복으로 채워지게 될 것이라 생각한다.

그림 못 그리는 만화가라 불렸지만 이 시대 최고의 웹투니스트가 된 강풀, 자신이 만든 회사에서 쫓겨났지만 다시 돌아와 최고의 기업으로 재탄생시킨 스티브 잡스, 허무맹랑한 이야기라며 거절당했지만 전 세계가 사랑하는 작가가 된 조앤 롤링, 가난한 집안에서 태어나 고등학교 입시에 떨어질 정도로 공부와 담을 쌓고 살았던 소년에서 중국 최고의 부자 자리에 오른

알리바바의 창립자 마윈까지….

이들의 성공 뒤에 숨은 감동적인 이야기들은 단지 그들에게만 해당되는 것은 아니다. 그들은 수많은 실패 뒤에 따라온 성공의 씨앗을 놓치지 않았다. 실패를 두려워하며 또 다시 시도조차 하지 않는 것은 성공할 수 있는 또 하나의 기회를 잃는 것이다. 실패가 성공의 비결이 될 수 있도록 다시 힘을 내고 일어서는 용기가 있다면, 성공의 가능성은 점점 더 커질 것이다.

미국이 남북전쟁으로 나라가 둘로 갈라졌을 때 링컨은 이렇게 말했다고 한다.

"나는 여러분들의 실패에는 관심이 없습니다. 나는 여러분들이 다시 일어나는 것에 관심이 있습니다."

나도 너희들이 다시 일어서기만을 계속해서 지켜보고 있다. 훗날 고3 시절 경험했던 여러 번의 실패가 본인에게 좋은 경험이었다고 이야기할 수 있는 그런 시간들이 꼭 있을 것이라 확신한다. 우린 지금 낭떠러지로 떨어진 것이 아니라 잠시 미끄러졌을 뿐이다.

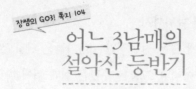

어느 3남매의
설악산 등반기

지난주에는 아이들을 데리고 설악산 등반을 했다. 걷는 것을
죽기만큼 싫어하는 우리 아이들이었기에, 그 아이들과 함께 험
하디 험한 설악산을 오른다는 것은 말 그대로 엄청난 모험이었
고 거의 불가능한 일이었다. 예상대로 아이들은 금세 지쳐갔고,
겨우겨우 흔들바위까지 오르고 나서는 아예 신발을 벗어버리
고 이제는 죽어도 더 못 올라간다며 협박 같은 선포를 했다. 하
지만 그곳에서 가파른 경사면을 따라 40여 분을 오르면 울산
바위가 나오고, 적어도 그곳까지는 올라가야 설악산을 다녀왔
다는 말도 할 수 있을 뿐더러, 그곳에서 산 아래를 바라보며 느
낄 수 있는 성취감은 말로 다 할 수 없다는 것을 알기에 이곳까
지도 겨우 올라온 아이들이었지만 꼭 함께 가고 싶었다.

하지만 아이들은 '때려 죽여도' 더 이상 못 간다는 표정을 짓
고 있었다. 여기가 우리 아이들의 한계구나 싶었던 순간 동행한

어떤 분이 울산바위를 배경으로 사진을 찍으면 장당 천 원의 상금을 준다고 하자, 언제 그랬냐는 듯 아이들의 표정이 갑자기 환하게 바뀌더니 터보 엔진을 장착한 자동차처럼 그 가파른 산을 뛰어올라가는 게 아닌가. 어찌나 기가 차고 우습던지…. 결국 함께 갔던 10명의 아이들은 모두 울산바위까지 무사히 등반했고, 사진을 엄청 찍어대며 상금의 상한가였던 만 원을 모두 받을 수 있었다.

어쩌면 너희나 나나 공부나 일을 하는 과정에서 흔들바위에서 더 이상 못 올라간다고 신발을 벗어버리고 있는 아이들의 모습을 하고 있는 것은 아닌가 하는 생각을 했다. 그동안 힘들었던 경험과 눈앞에 펼쳐진 가파른 언덕 때문에 어쩌면 충분히 더 올라갈 수 있는 여력이 있는데도 불구하고 지레 자포자기하고 있는 것은 아니었을까. 적절한 동기부여는 기대할 수 없었던 일들을 가능하게 할 수 있다는 생각을 하게 한다.

우리를 사랑하고 아끼는 많은 사람들의 응원과 격려만으로도 충분히 동기부여가 될 수 있음을 기억하자. 등산을 할 때도 너무 먼 곳을 바라보면 오히려 더 지치는 법이다. 지금 이 순간 최선을 다하고 오늘 하루를 가장 열심히 보낼 수 있다면, 우리의 삶은 훨씬 더 기대할 만한 것들로 채워질 수 있을 거다.

최악의 상황

나는 잘 때 꿈을 자주 꾼다. 그리고 그 꿈의 내용이 오래 기억에 남는 편이다. 특히 무엇인가를 간절히 바라는 일이 있거나 신경 쓰는 일이 있을 때면, 그 상황이 꿈에 잘 등장하곤 한다. 예를 들어, 우리 집 아이들의 돌잔치를 하려고 신경을 쓰다 보면, 자연스럽게 돌잔치 꿈을 꾸게 된다.

그런데 항상 꿈은 최악의 경우를 보여준다. 돌잔치는 하는데 정작 손님은 하나도 없는 상황을 경험하게 하는 거다. 그런 최악의 상황에 대한 꿈을 한두 번 꾸다 보면 실제로 돌잔치를 치를 때 내 태도가 달라진다. 축하해주기 위해 먼 길 달려온 손님들이 얼마나 더 반갑고 고마운지, 아무 문제없이 진행되는 잔치가 어찌나 감사한지….

최악의 상황을 미리 경험해볼 수 있다면, 실제 현실에서 닥치는 모든 일은 모두 감사한 일이 된다. '최고'는 아닐 수 있지만,

'최선'이라고 생각할 수는 있다. 많은 사고에서 극적으로 살아남은 사람들은 한결같이 이 땅에 두 발로 서 있다는 것, 맑은 공기를 내 의지와 상관없이 마음껏 마실 수 있다는 것이 정말 큰 축복임을 깨닫게 되었다고 얘기한다. 지금 우리들의 모습도 최악의 경우에서 생각해본다면, 어쩌면 최선의 것이라고 생각할 수도 있지 않을까?

12년 동안 큰 문제없이 학교를 다닐 수 있는 것도, 내 주변에 내 이야기를 들어줄 수 있는 친구가 한 명이라도 있다는 것도, 그리고 지금 이렇게 대학 입학을 목표로 공부를 할 수 있는 것조차도 어쩌면 기적의 연속일는지 모른다.

지금 본인의 모습에 순간순간 감사하는 마음으로 고3 생활을 하다 보면, 앞으로 우리는 어떠한 상황 속에서도 늘 감사할 수 있게 될 것이다. 그런 마음으로 오늘 하루도 힘을 내주기 바란다.

넘어질 것을 두려워하면
걷지 못한다

프로야구 정규시즌이 시작되면 나에겐 기쁨과 함께 스트레스도 시작된다. 우리 팀이 이겼을 때는 세상을 다 얻은 것 같다가도 우리 팀이 지기라도 하면 세상이 내일 끝날 것처럼 마음이 무너져버린다. 그렇지만 곧 정신을 차릴 수 있는 것은 그것이 120여 게임 중에 겨우 한 게임이란 걸 잘 알고 있고, 우승하는 팀이라고 할지라도 한 해에 120여 게임 중 50번 정도는 진다는 것을 잘 알고 있기 때문이다. 그래서 어제의 패배를 잊고 오늘의 승리를 위해 열심히 응원하게 되는 것이다.

어쩌면 우리들이 살아가는 모습도 비슷하다. 내가 계획하는 바람대로 잘되지 않는 것이 현실이다. 아이가 걷는 게 두려웠다면 평생 걷지 못했을 것이고, 틀리면 안 된다는 두려움에 사로잡혀 있었다면 말 못하는 아이가 되었을 것이다. 너희는 수만 번의 넘어짐을 통해 걷는 법을 배웠고, 말도 안 되는 옹알이를 계속 시도하며 말을 배웠다. 너희들은 그런 도전과 열정의 유전자를 가진 사람들이다.

너무 두려워하거나 걱정하지 마라. 누구나 실수하고, 누구나 실패한다. 그러한 두려움과 걱정이 잘못하면 너희들을 더욱 힘들게 할 수도 있다. 너희 곁에는 걷다가 넘어져도 기뻐해주고, 말을 좀 못해도 사랑해주며, 더하기를 못해도 기다려주는 사람들이 늘 함께 있었다. 그건 앞으로도 마찬가지일 것이다. 너희를 누구보다 아끼고 사랑하는 그 누군가를 생각하면서 실패의 두려움과 불안한 마음을 잠시 내려놓기 바란다. 그래야 우리가 가진 것보다 더 큰 힘을 낼 수 있는 법이다.

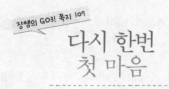

다시 한번
첫 마음

1990년. 진로를 고민하던 고등학교 3학년 때 보았던 영화 〈죽은 시인의 사회〉는 내게 학생들에게 영감을 주는 키팅 선생님과 같은 사람이 되고 싶다는 마음을 품게 했다. 그래서인지 얼마 전 영화 속 키팅 선생님 역을 맡았던 로빈 윌리엄스라는 배우의 갑작스런 죽음은 오랜 스승을 잃어버린 것 같은 감정이 들게 했다.

소중한 마음으로 시작한 교직이었지만, 세월의 흐름은 그 마음 또한 변질되고 지치게 만들고 상황에 따라서는 싫증이 나게도 한다. 이곳에 처음 왔을 때는 별거 아닌 작은 것에 웃고 기뻐하며 감사할 줄 아는 너희들의 모습이 정말 순수한 병아리 같기만 했다. 그러기에 더 열정을 갖고 더 열심히 함께하려고 노력했던 것 같다. 그런데 솔직히 고백하면 시간이 지나면서 그 열정과 열심이 조금은 식은 것 같다. 너희들은 같은 모습인데 이제는 예전만큼의 감동을 받지 못하는 내 모습을 보며, 점점 늙은 닭이 되어가는 것 같아서 정신 차리려고 노력중이다.

우리가 무언가에 싫증을 내는 것은 만족을 못하기 때문이라고 한다. 처음 느꼈던 소중한 마음은 잊은 채, 세상이 변하듯 나도 변해버린 것이다. 사람이 늘 같을 순 없겠지만, 그래도 일을 시작할 때 혹은 소중한 사람을 만났을 때 느꼈던 그 첫 마음을 되찾는 것은 중요한 일이다.

그 첫 마음을 찾고 싶다면 잠시 눈을 감고 그때로 돌아가보는 게 도움이 된다. 공부를 처음 시작할 때 쥐었던 연필, 처음 받았던 성적표, 좋은 친구를 처음 만났던 시간, 소중한 사람의 사랑을 처음 느꼈던 장소…. 만약 나라면, 처음 선생님의 마음을 가지게 했던 영화를 보면서 그때 그 마음을 다시금 느껴볼 수 있을 것이다.

행복은 새로운 것, 좋은 것에서만 느낄 수 있는 것이 아니다. 주변에 가까이 있는 소소한 것들에서도 얼마든지 행복을 느낄 수 있다. 지금 눈을 새롭게 뜨고 주위를 바라보자. 그리고 1월 초 남다른 각오로 시작했던 고3 첫 마음을 떠올려보자. 지금 이 순간이 새삼 소중하게 느껴질 것이다.

오늘 하루도 더 의미 있는 하루가 되길 바라며, 교직을 시작하면서 품었던 첫 마음을 영화 속 키팅 선생님의 대사에서 꺼

내본다.

"할 수 있을 때 장미꽃 봉오리를 거두라. 시간은 여전히 날아가고 있다. 오늘 미소 지으며 핀 꽃도 내일이면 스러질 것이다."

오늘 프리허그를 해달라는 부탁을 받고, 어쩌면 원숭이처럼 구경거리가 될지도 모른다는 생각에 조금 망설이기도 했지만, 진심으로 서로를 안아준다는 것이 얼마나 큰 위로가 되고 힘이 되는지를 알기에 한번 용기를 내어 보았는데, 잘 이루어진 것 같지 않아 아쉽다! 다른 학생들은 몰라도 우리 반 녀석들은 꼭 한 번씩 안아주고 싶었는데 마음처럼 쉽지 않네. 내가 그렇게 모두에게 어려운 존재였나 보다. 모두들 진심으로 누군가를 한 번씩 안아주기 바란다!

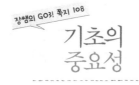

기초의
중요성

땅을 얕게 파고 물이 솟기를 바라지 말라. 낮은 기초에 높은 건물을 지을 생각을 하지 말라. 얕은 골짜기에 폭포수 같은 물이 흐르기를 기대하지 말라. 땅속 깊숙이 흐르고 있는 물을 얻기 위해서는 우물을 깊게 파야 한다.

_정영순, 《나는 나를 넘어선다》 중

대충 해놓고 결과가 좋길 바라거나 우연히 맞아 떨어지는 요행을 바라는 것은, 보기에는 괜찮아도 뭔가 물리적인 힘이 가해지면 바로 무너져버리는 모래성과 같다. 기초가 중요하다는 말은 정말 무시무시한 세상의 진리다. 공부도 기초가 튼튼해야 하고 세상을 보는 눈도 사리분별의 기초가 튼튼해야 한다. 기초가 튼튼한 사람은 바닷가 모래로 집을 짓지는 않을 것이다.

293

실패의 횟수와
성공의 횟수는 비례한다

심리학자들은 뛰어난 인물들에게는 다음과 같은 공통점이 있다고 이야기한다. 그들은 엄청나게 많은 실패를 경험했지만 이렇게 말한다고 한다.

"실패야말로 최고의 멋진 추억이 된다."

"특히 젊은 시절에는 형편없을 정도로 실패해보는 편이 좋다."

"실패의 횟수와 성공의 횟수는 비례한다."

얘들아! 어쩌면 이번 시험이 생각 이상의 상처로 남을지도 모른다. 하지만 생각한 것보다 점수나 등급이 나오지 않은 것 때문에 상처받지 마라. 그리고 실패할 것을 두려워하지도 마라. 이제 너희들은 열아홉 살이다. 살아온 날보다 앞으로 살면서 해야 할 일이 훨씬 더 많다.

실패를 받아들이고 인정할 때, 그 실패를 딛고 일어설 수 있다. 꿋꿋하고 당당하게 실패를 딛고 일어설 때, 성공으로 다가

갈 수 있다. 너희들이 앞으로 겪을 몇몇의 실패는 오히려 너희들 몸에 원기를 불어넣고 새로운 지혜를 보충해줄 보약이 될 것이다. 그래서 언젠가 나에게 이렇게 얘기할 때가 있을 거다.

"모의고사를 보고 많이 울었지만, 금세 마음 추스르고 그냥 계속했을 뿐인데 이렇게 좋은 결과가 있었어요!"

만족할 만한 결과가 나오지 않았다는 것은 아직 우리가 부족하기 때문임을 깨끗이 인정하며, 그 속에서 좀 더 힘을 내야 하는 이유를 발견하고, 각자에게 맞는 시기에 가장 아름다운 꽃을 피우게 될 것임을 믿는 너희들이기를 바란다!

끝날 때까지
끝난 게 아니다

내게 야구가 매력적인 것은 다 끝났다고 생각되는 경기도 종종 뒤집어지기 때문이다. 그런데 이것이 어디 야구만의 얘기일까?

우리네 인생도 그렇고, 수험생활도 그렇다. 아직은 그 누구도 결과를 예측할 수 없다. 요즈음 너희들을 보면, 늘 힘들고 지친 나날을 보내고 있는 듯하다. 정말 너무나도 지치고 긴장된 모습이다. 마치 주자가 가득 찬 상황에서 최고 강타자랑 맞붙게 되어서 잔뜩 주눅이 든 투수처럼 말이다.

숨이 턱턱 막히고 제대로 공을 던질 수 있을까 하는 두려움에 두 다리가 후들거릴 수도 있겠지만, 실제로 너희들의 인생은 야구로 따지자면 지금 한 2회말 정도 됐을까? 경기가 지고 있는 것처럼 보이지만, 이제 경기는 막 시작되었을 뿐이다. 그것도 아직 2회밖에 안 됐다. 이제 막 시작한 경기를 포기해버리고, 다음 경기를 준비하는 사람은 세상 어디에도 없다. 경기는 이제 시작한 것이다. 잊지 말자!

"끝날 때까지 끝난 게 아니다 It ain't over till it's over."

담임이 수학 영역을 A로 바꾸라고 해도, 수시전형을 생각하지 말라고 해도, 과학탐구를 한 과목만 하라고 해도, 적성 준비를 하라고 해도, 논술 준비를 하라고 해도, 그 모든 것은 새로운 희망을 발견하기 위한 것이지 지금까지 너희들이 해왔던 많은 것을 부정하는 것이 아니다. 아직은 의기소침하지 말고, 이번 한 주 모두들 기적 같은 홈런을 칠 준비를 하자!

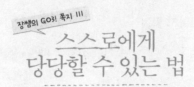

스스로에게
당당할 수 있는 법

승부를 가리는 스포츠 경기를 막상 보면, 전문가들의 예상이 뒤엎어질 때가 많다. 그래서 감동적인 이야기가 만들어지곤 한다.

서양인들이 꽉 잡고 있는 올림픽 수영에서 우리나라가 메달을 딸 수 있을 거라 예상한 사람이 있었을까? 스케이트장도 선수도 모두 부족한 우리나라에서 전 세계가 감탄한 피겨 여왕이 탄생할 거라 누가 예상할 수 있었을까? 역사는 이런 것을 이변이라고 부르겠지만, 그 이면에는 주목받지 못한 곳에서 남모르게 흘린 뜨거운 땀과 눈물이 있었다. 그리고 그것을 지켜보는 우리 역시 함께 눈시울을 적신다.

나는 그런 장면을 볼 때마다 너희들을 생각한다. 아침에 얘기한 것처럼 지금 성적이 잘 나오지 않아 좋은 결과를 기대할 수 없다는 생각이 들 수도 있지만, 지금까지 아니, 지금도 여전히 열심히 하며 남모르게 흘리고 있을 너희들의 땀의 결과를 믿어라. 어쩌면 '지금부터라도'라는 생각이 들 수도 있겠지만, 나는 "가장 늦었다고 생각할 때가 가장 이른 때"라는 사실을 삶을 통해 배웠기에, 너희들에게 부탁하고 당부하고 싶다. 앞으로 남은 시간 본인 스스로에게 부끄럽지 않게 최선을 다해보겠노라는 다짐을 다시 한번 해보자.

스스로 열심히 살았던 경험이 있어야만 누군가에게 당당할 수 있는 법이다(언젠가 너희들이 부모가 돼 아이들 앞에서 당당하게 들려줄 수 있는 경험 하나쯤은 필요하지 않을까?). 좋은 결과가 나오지 않아서 주변 사람들에게는 미안하고 죄송한 마음이 들 수는 있겠지만, 본인 스스로에게는 충분히 열심히 했기에 아쉬움이 남지 않는다는 멋진 말을 할 수 있었으면 좋겠다. 그것이 지금 우리가 할 수 있는 최선인 것 같다.

앞으로의 시간들, 초심으로 돌아가서 기본부터 지키며 다시 한번 열심을 내보자!

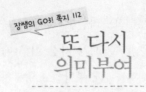

또 다시
의미부여

수능까지 이제 얼마 남지 않았지만, 남은 기간에 자기 나름대로
의 의미를 붙일 수 있다면, 그 시간들은 다른 이들은 알지 못하
는 또 다른 의미가 되어 너희들에게 선물로 돌아올 거라 생각한
다. 꼭 그런 의미 있는 시간들 보내기 바라고, 지는 낙엽도 조심
하며 아프지 않도록 조금 더 신경 쓰며 지내기를 바란다.

수능 점수 이벤트 어때? 각자가 목표로 하고 있는 등급이나 점수에 의
미를 붙여 보는 거다. 나랑 내기하자. 수능 끝나고 시간도 많을 텐데,
밥도 먹고 영화도 보고 그러자는 거다! 누워서 풀어도 가능한 등급 말
고 각자의 목표대로 내기를 거는 거다! 예를 들면 국영수 도합 10등급,
수학 3등급이면 커피 한 잔 내기! 영화 한 편! 짜장면 한 그릇!

멋진 마무리

얼마 전까지만 해도 목욕탕에서 '때밀이 아저씨'에게 때를 밀며

마사지를 받는 사람들을 보면, 민망하기도 하고

건강한 몸으로 사치라고 생각한 적이 있다. 그런데 우연히

나도 한번 받아볼 기회가 있었는데 몸을 맡기는 부끄러움도 잠시,

온몸의 피로가 싹 풀리면서 좋아도 너무 좋은 거다.

그래서 그다음부터는 아주 가끔이긴 하지만 그동안 수고

많았으니 '내 몸에게 주는 나의 상'이라고 생각하면서

'때밀이 아저씨'에게 몸을 맡기곤 한다. 별거 아닐지 모르지만,

나 자신을 더 소중하게 생각하는 계기가 되기도 했다.

초등학교 6년, 중학교 3년, 고등학교 3년. 총 12년의

학창 시절을 마무리하고 있는 지금 본인의 모습을 보면서,

참 대단하고 기특하며 그동안 참 수고했다는 생각을 해야 한다.

험하디 험한 세상을 살아가면서 큰 사고 없이

본인의 자리를 묵묵히 지키고 있는 것만으로도

얼마나 큰 기적이고 대단한 일을 하고 있는 것인지는

얘기 안 해도 누구나 다 안다.

그러한 자신의 모습을

단순히 성적이 잘 나오는가, 나오지 않는가를 통해서만

평가해서는 안 된다. 본인 스스로를 귀하게 여길 줄 알아야 한다.

그래서 그 귀한 자신에게 가끔은 상을 줄 필요가 있다.

그리고 그렇게 자기 스스로에게 상을 주면서 마무리를 하는 것이

가장 아름다운 마무리라고 생각한다. 법정 스님의 책 중에

이런 글귀가 있더라.

아름다운 마무리는 용서이고 이해이고 자비이다.

용서와 이해와 자비를 통해 자기 자신을 새롭게 일깨운다.

이유 없이 일어나는 일은 존재하지 않기 때문이다.

용서보다 큰 선물은 없고, 용서보다 더 아름다운 마무리는 없다.

어쩌면 그동안 우리는 우리 자신도 모르게 많은 사람들의 마음에

상처를 주었으리라. 그것은 스스로에게도 그러하다.

이제는 용서하자. 다른 사람을, 그리고 나 스스로를.

지금 수능이라는 큰 산을 하나 넘었지만, 이제는 12년의 기나긴

학창 시절의 마무리와 수험생으로서 열심히 지낸 한 학년의

멋진 마무리를 한번쯤 생각해보자.

칭찬할 일은 칭찬하고, 상을 주고 싶다면 상을 주고,

용서를 빌어야 할 일이 있다면

용서를 빌고, 상처받은 일이 있다면 치유하자.

조금 더 따뜻한 마음으로

12년 학창 시절의 멋진 마무리를 부탁한다.

1. 올 한 해 담임에게 받은 상처가 있었다면 용서와 이해를 부탁한다.

  말 한마디, 행동 하나하나, 눈빛 하나하나 좀 더 신경 써야 했는데

  내가 아직 덜 성숙해서인지 많이 부족했다.

2. 오늘 교지에 들어갈 '졸업생의 한마디'에 넣을 너희들의

  글들을 하나하나 읽어보니 아직 졸업이 한참 많이 남아 있는데,

  마치 고등학교를 곧 졸업하는 것처럼 쓰여 있더라.

  그래, 이제 정말 조금 있으면 헤어짐과 아쉬움,

  그리고 새로운 출발이 있겠구나 하는 생각이 들었지만,

  아직까지 우리에겐 너희들의 글 속에서 그린 그 학창 시절이

  많이 남아 있다는 사실 또한 잊지 말기 바란다.

스무 살,
성인이 된다는 것

달걀이 들어가면 좋겠습니다!

"달걀입니다. 요리에 달걀이 꼭 들어가면 좋겠습니다."

십수 년 전, MBC 예능프로그램 '신동엽의 하자하자'에 출연해서 했던 말입니다. '신동엽의 하자하자'는 당시 공익적 버라이어티 프로그램의 대명사라고 불렸던 '느낌표'의 한 코너였는데, 아침밥을 거르고 등교하는 학생들의 현실을 화면에 담아 0교시 폐지라는 사회적 변화까지 불러일으켰습니다. 기운 없이 등교하는 우리 반 아이들에게 근사한 아침식사와 함께 추억을 선물하고 싶어 참여했는데, 그때의 행복했던 감동이 지금도 생생합니다. 밤새 교실을 호텔 레스토랑처럼 꾸며놓고 특급 요리사가 준비한 요리를 대접했습니다.

녹화 전 구성작가와의 미팅에서 요리 재료를 선정해 달라는 요청에 망설임 없이 '달걀'이라고 했고, 방송에서는 이렇게 인터뷰했습니다.

이제 곧 스무 살이 되고, 학교라는 울타리를 벗어나는 우리 아
이들의 모습은 마치 병아리가 껍질을 깨고 세상에 나오는 것
과 비슷하다고 생각합니다. 고3 때는 고등학교라는 껍질을 깨
고 대학만 가면 다 되는 줄 알겠지만, 대학생이 되고 나면 취
업, 그다음은 승진, 이직, 직장 내 상하좌우 인간관계, 연애, 결
혼 등의 수많은 껍질이 있을 겁니다. 어느 것 하나 쉬운 것이
없을 테고, 삶은 그렇게 점점 두꺼워지는 껍질을 깨는 일을 스
스로 해내야 하는 과정입니다. 지금 수능 결과가 좋지 못해 낙
담하는 친구들은 수능이 인생의 전부인 것처럼 보이겠지만, 잠
시 주춤한 것일 뿐 이 또한 깨버려야 할 껍질에 불과합니다. 조
금 시간이 지난 후 돌아보면 알게 될 겁니다. 그래서 지금 각
자에게 있는 껍질을 과감히 깨버리자는 의미에서 달걀이 들어
있는 요리로 아침식사를 준비해주고 싶습니다.

이제 스무 살이 되어 만만치 않은 세상에 나가게 되는 소중
한 여러분! 이제 작은 껍질 하나 깨고 나온 것입니다. 앞으로
또 다른 껍질이 여러분 앞에 놓일 때마다 여전히 살아 있음에
감사하며, 그것에 의미를 부여하고 과감히 깨는 도전을 그치지

않길 당부합니다. '청춘靑春'은 파릇파릇한 20대만을 지칭하는 말이 아닙니다. 항상 멀리 보고 꿈꾸며 끝까지 도전하는 자세를 가진 사람에게 붙이는 말임을 기억하세요.

본질을 절대 놓치지 마세요

후배의 부탁으로 전라남도 광주에서 4회의 수업을 진행한 적이 있습니다. 모든 수업을 마쳤을 때 그동안 수고했다며 학교 측으로부터 고운 보자기로 싸인 한지함 하나를 선물 받았습니다. 맛깔스런 음식으로 유명한 곳이기에 분명 맛난 무언가로 가득 채워져 있을 것이라는 기대와 달리 속이 텅 비어 있었습니다. 허탈한 마음에 한지함은 실망 그 자체로 바뀌었지요. 하지만 얼마 후 알았습니다. 그 함이 한지를 정성스레 한 겹씩 여러 번 붙여 만든 전통공예품이라는 것을. 알고 나니 같은 한지함이 완전히 다르게 보였습니다.

인생도 마찬가지입니다. 삶의 가장 중요한 본질을 보지 못하고, 그 주변에 있는 많은 수식어들에만 초점과 관심을 두며 살아가는 경우가 참 많습니다. 가만히 생각해보면 '나'를 지칭하는 수식어는 늘 바뀝니다. 고등학생, 대학생, 아르바이트생, 휴학생, 재수생, 반수생, 취업 준비생, 회사원, 비정규직… 하지만 여기에서 절대 변하지 않는 본질은 '나'입니다. 시공간을 초월해도 절대적으로 대체 불가능한 '나'라는 본질을 꼭 잡고 소중히 여기세요. '나'라는 본질이 바로 서 있어야 그 본질에 담는 것들이 빛날 수 있습니다. 때론 구겨지고 무너지더라도 좌절하지 마세요. 여러분은 언제나 가치 있는 존재입니다.

사랑할 준비를 하세요

20대는 사랑하는 사람을 만나 세상에서 가장 아름다운 사랑을 해야 하는 때입니다. 하지만 사랑도 사랑할 준비가 되어 있어야 할 수 있습니다. 선풍적인 인기를 끌었던 드라마 '응답하라 1994'를 보면 재미있는 상황이 나옵니다.

'여자친구가 집에 페인트칠을 했는데 집에 들어가서 문을 닫으니 페인트 냄새 때문에 머리가 아프고, 문을 열어놓자니 대로변이라 매연이 들어온다고 남자친구에게 이야기했을 때 남자는 어떻게 반응할 것인가?'

드라마 속 남자들은 그래도 페인트 냄새가 낫다느니, 매연 냄새가 낫다느니 하며 이야기를 합니다. 하지만 여자들이 듣고 싶은 답은 '너 괜찮아?'였습니다.

이것은 누가 맞고 틀리고의 문제가 아니라 같은 상황을 바라보는 남자와 여자의 생각과 관점이 서로 다르다는 것을 말해줍니다. 그리고 이것을 인정하는 것이 세상에서 가장 아름다운 사랑을 하기 위한 기본적인 준비가 아닐까요?

얼마 전, 이제는 30대가 된 제자에게 연락이 왔습니다. 곧 결혼을 하게 되었다며 신부될 사람과 인사를 오겠다는 것이었습니다. 으레 다른 제자들이 그랬듯이 결혼을 앞둔 인사이겠거니 생각했지만, 두 사람은 저에게 결혼식 주례라는 매우 큰 짐을 던져주었습니다. 쉰도 되지 않은 젊은 나이에 흰머리보다 검은 머리가 많은 제가 양가 부모님과 하객으로 와 계신 많은 어르신들에게 실례가 될 수 있다는 송구스러운 생각에 웃으며 사양을 했으나, 신랑신부의 포기하지 않는 진심에 기대어 결국 승낙할 수밖에 없었지요. 결혼식 주례를 준비한다는 것은 정말 어려웠습니다. 아마 제 결혼식을 준비할 때보다 오백만 배는 더 준비하고 준비했던 것 같습니다. 그 준비를 하며 서로 다른 남녀가 만나서 사랑을 한다는 것에 대해 참 많은 생각을 했습니다. 그때 조금은 민망하고 송구스런 모습으로 했던 주례사를 여러분들에게도 들려주고 싶습니다. 이것을 통해 어떻게 아름다운 사랑을 만들어가는 것이 좋을지 함께 고민할 수 있었으면 좋겠습니다.

남자와 여자는 참 많이 다릅니다. 다름을 인정하지 않으니 다툼도 많이 생깁니다. 그 다툼의 과정에서 서로가 서로에게 이기고 지는 것은 그렇게 중요하지 않습니다. 그게 뭐 그리 중요하겠어요? 중요하지 않은 것을 중요하게 생각하다가 가장 중요한 것을 잃을 수 있는 것입니다. 두 사람의 다름으로 인해서 이해할 수 없는 일들이 앞으로 많아질 것입니다. 그래서 다툼도 있을 것이고 위기도 올 것입니다. 그때마다 아마도 신랑신부 주변의 사람들, 저 뒤에 앉아 계신 하객들은 이런저런 충고들을 하게 될 것입니다. 부탁드리는데, 그것들 다 듣지 마시기 바랍니다. 사람들은 항상 자신의 그릇 크기만큼만 생각하기 때문에 본인 기준에서 충고를 합니다. 어떠한 일이든 서로가 존중하는 마음을 잃어버리지 않도록 애쓰면서, 서로 다르다는 사실을 잊지 않으면 많은 문제가 순탄히 해결되는 것을 경험할 것입니다.

그리고 지금은 바라만 봐도 아름답고 사랑스럽던 상대방이 언젠가 더 이상 아름답지 않고 사랑스럽지 않다고 느껴질 때가 올 것입니다. 그것은 상대방의 모습이 변한 것이 아니라, 바로 상대를 바라보는 본인 스스로가 변한 것입니다. 그러한 마음이 들 때는 반드시 변한 본인 스스로의 모습을 바라보며 '내가 이 사람을 어떻게 만나게 됐던가?', '내가 이 사람과 왜 결혼을 하

기로 했던가?', '결혼하며 했던 다짐들을 나는 얼마나 지키고 있
는가?'를 곱씹어 생각하다 보면 처음의 좋았던 느낌들을 어렵
지 않게 되찾을 수 있습니다. 그래서 다시 한번 지금 그대로의
모습을 뜨겁게 사랑하며 존중해주길 진심으로 당부 드립니다.
이제 두 사람은 부부가 됩니다. 조금 있으면 두 사람을 닮은 아
이가 태어날 것이고, 두 사람을 닮은 아기와 눈이 마주칠 때의
기쁨과 감격도 함께 할 것입니다. 그리고 아이의 체온이 40도
가 넘어 잠을 자지 못하며 울 때 아픈 마음으로 함께 밤을 지
새우게 될 것이고, 상황에 따라서는 등에 아이를 업고 본인이
아플 때보다 더 아프고 애타는 심정으로 함께 뛰기도 할 것입
니다. 그래요. 이제 두 사람은 앞으로 기쁨과 슬픔의 모든 순
간순간에 함께 부딪히게 될 겁니다. 꼭 기억해야 할 것은 그 모
든 일을 사랑하는 사람과 함께할 수 있다는 것이 정말 큰 축복
이고 기적 같은 일이라는 것을 잊지 마시기 바랍니다. 사랑하
니까 결혼을 하는 것이 아니라 더 많이 사랑하기 위해서 결혼
을 한다는 사실을 기억하며, 세상에서 가장 아름다운 가정, 가
장 행복한 가정이 바로 두 사람의 가정이 되길 진심으로 바라
며 저도 늘 응원하겠습니다.

그래요. 20대가 된다는 것! 정말 기분 좋은 일입니다. 그래서

축하합니다.

하지만 본인 스스로가 참으로 존귀하고 가치 있는 사람임을 잊어버린 채, 주변의 눈치를 보게 될 것 또한 알기에 애잔하기도 합니다. 이제는 어른흉내가 아닌, 진짜 어른답게 행동해야 하는 법을 배워나가야 합니다. 본인이 귀한 존재라는 사실을 절대 잊지 말고, 항상 꿈꾸고 도전하며 뜨겁게 사랑하길 바랍니다. 멀리 보고 끝까지 자신만의 인생 경주에 열심을 다하세요. 여러분이 생각하는 것보다 인생은 훨씬 깁니다.

텅 빈 교실에서

내일이면 졸업식이다. 잠이 오질 않는다. 학생들을 떠나보내는 것은 해마다 겪는 일이지만, 결코 쉬운 일이 아니다. 마음 한구석에 구멍이 난 듯 허전함이 밀려온다.

드디어 졸업식.

한 사람 한 사람 강대상에 올라와 졸업장을 받는다. 이제 내 곁을 떠나는 아이들의 모습을 하나라도 놓칠 새라 눈이 빠지도록 바라본다. 눈동자에 머문 아이들의 얼굴이 마음에 아로새겨진다. 해맑게 웃으며 단상에 올라오는 아이들의 모습을 보고 있노라니 3년 전 입학식 때 모습이 떠올라 나도 모르게 미소가 지어진다.

"자, 이제 정든 이곳을 떠나야 한다. 한 명씩 나와서 졸업앨범을 받아 가렴."

강당 졸업식을 마치고 우리는 교실에 모였다. 함께 울고 웃었던 곳, 꿈을 키우며 서로가 서로를 지탱해주었던 곳, 이제는 떠나야 할 정든 교실에 다시 모였다. 우리를 위해 오랜 세월, 말없이 뒷바라지해주셨던 부모님과 친지분들이 복도에 서서 교실을 바라보고 계신다.

"얘들아, 교실 밖에 계시는 분들 보이니? 우리를 향해 언제나 신뢰와 지지를 아낌없이 보내주셨던 너무나 고마운 분들이 지금 여기에 모여 계시는구나. 그분들을 향해 감사했다고, 사랑한다고 뜨거운 박수를 보내면 좋겠다."

든든한 버팀목이 되어주셨던 부모님들을 향해 우리는 손이 아플 정도로 뜨겁게 박수를 보냈다. 차오르는 눈물을 거두려 입술을 굳게 다물었다.

이제 오늘의 주인공들을 위한 시간이다. 사진 촬영 시간!

"모두 앞으로 나와라. 단체사진 한 방 찍어야지!"

말이 떨어지기 무섭게 가족들과 친구들이 교실로 들어와 우리를 에워쌌다. 여기저기서 터지는 셔터 소리, 여기 좀 보라고 소리치는 정겨운 목소리들….

"어딜 봐야 하는 거야?"

"우리 완전 연예인이야!"

즐거운 외침이 여기저기서 터져나온다. 그런 분위기가 쑥스러워서인지 한 마디씩 던져보지만, 카메라 렌즈 앞에서는 해맑게 미소 지어주는 너희들…. 그래, 바로 너희들이 주인공이란다 (선생님은 그날 얼굴에 경련이 일어날 뻔했단다).

시끌벅적했던 시간이 지나고 아이들을 한 명 한 명 떠나보냈다. 그리고 텅 빈 교실에 다시 돌아왔다. 밤늦게까지 아이들과 함께하며 웃고 울던 일들이 주마등처럼 스쳐 지나갔다. 아버지가 세상을 떠났을 때, 조를 편성해서 처음부터 끝까지 함께해주었던 고마운 녀석들, 인도네시아의 '부디'라는 아이를 우리 이름으로 함께 후원하며 지켜주었던 일은 지금 생각해도 가슴이 뜨겁다(10년 뒤, 함께 인도네시아로 가서 열다섯 살 되는 '부디'를 꼭 만나자는 약속을 잊지 않을 것이다).

언제나 이 교실에서 볼 수 있을 것 같았던 아이들. 언제나 우리 반일 것만 같고, 늘 내 새끼들인 줄만 알았는데 이렇게 떠나보내니, 마음 한구석이 너무 시리고 허전하다.

"날려 보내기 위해 새를 키운다"고 했던가! 이제 또 다른 날갯짓을 하기 위해 더 넓은 곳으로 떠난 아이들을 생각하며 텅 빈 교실에 앉아 나지막이 말을 건넨다.

"더 넓은 세상 어디를 가든, 무슨 일을 하든지 주변 사람들에게 존중받고 사랑받는 너희가 되기를 잊지 않고 기도할게. 날갯짓이 힘들더라도 절대로 좌절하지 말고, 힘들 때면 행복했던 기억들을 떠올리며 잠시 쉬어가렴. 혹시라도 세상이 너희를 외면

해도 선생님은 항상 너희 편이 되어줄게. 부족했던 선생님을 끝까지 믿고 따라와줘서 고마웠다!"

파이팅! 영원한 우리 반!

감사의 글 ◢

매년 고3 담임을 하면서 우리 반 아이들에게 들려줄(물론 그 친구들에게
는 잔소리처럼 들렸을 수도 있지만) 이야기를 쓰는 것은 쉽지 않았다. 그
래서 지치고 포기하고 싶을 때도 있었다. 하지만 그때마다, 나의 가족들은
내가 옳다고 믿는 의미 있는 일을 포기하지 말아야 할 이유를 알려주었고
나에게 좋은 스승이자 벗이 되어주었다. 나를 세상에서 가장 멋있다고 생
각하는 우리 어머니, 사랑하는 아내, 소중한 세 명의 아이들, 승혁, 은빈,
민준. 또한 언제나 과분한 사랑으로 내 인생의 롤모델이 되어주시는 장인
어른과 장모님, 무엇보다 항상 은혜로 감사하며 살아갈 수 있게 하시는 우
리 하나님. 이 지면을 통해 한없는 감사의 마음을 전하고 싶다.

이 책의 글들은 가급적 나와 우리 반 아이들의 이야기를 소재로 하려
고 했지만, 물리 교사답게(?) 글감의 한계를 쉬이 느끼곤 했다. 그럴 때마
다 그동안 읽었던 책들과 아침마다 이메일의 모습으로 방문해주는 '고도
원의 아침편지'와 같은 인터넷 속 아름다운 이야기들이 나에게 큰 힘과 도
움이 되었다. 이 자리를 빌려 그 수많은 도움의 손길들께 진심으로 감사의
말씀을 드리고자 한다.

책의 경우는 저자가 확실하지만, 인터넷 속 이야기들은 그 원출처를 알
아내기가 어려웠다. 그래서 밝힐 수 있는 것들을 추려 이곳에 감사의 뜻과
함께 '참고자료'의 형식으로 소개하고자 한다.

참고자료 1_책

- 《몰입, 이렇게 하라》, 김용욱 지음, 물푸레, 2009년
- 《공부하는 독종이 살아남는다》, 이시형 지음, 중앙북스, 2009년
- 《법구경》, 법구 엮음, 홍익출판사, 2005년
- 《모리와 함께 한 화요일》, 미치 앨봄 지음, 살림출판사, 2010년
- 《10대, 꿈에도 전략이 필요하다》, 황성주 지음, 예가람, 2006년
- 《청춘 경영》, 유영만 지음, 명진출판, 2009년
- 《살아 있는 것은 다 행복하라》, 법정 지음, 류시화 편, 조화로운삶, 2006년
- 《존 맥스웰의 위대한 영향력》, 존 맥스웰·짐 도넌 공저, 비즈니스북스, 2010년
- 《아프니까 청춘이다》, 김난도 지음, 쌤앤파커스, 2010년
- 《김연아의 7분 드라마》, 김연아 지음, 중앙출판사, 2010년
- 《아불류 시불류》, 이외수 지음, 해냄, 2010년
- 《살아온 기적, 살아갈 기적》, 장영희 지음, 샘터, 2009년
- 《인연》, 피천득 지음, 샘터, 2002년
- 《멀리 가려면 함께 가라》, 이종선 지음, 갤리온, 2009년
- 《세상을 바꾸는 작은 관심》, 메다드 라즈 지음, 은행나무, 2003년
- 《책에 미친 청춘》, 김애리 지음, 미다스북스, 2010년
- 《기타노 다케시의 생각노트》, 기타노 다케시 지음, 북스코프, 2009년
- 《가슴이 따뜻한 사람과 만나고 싶다》, 김희중 지음, 푸른숲, 1995년
- 《나는 나를 넘어선다》, 정영순 지음, 라테르네, 2007년

참고자료 2_이메일 서비스, 인터넷 자료, TV 방송 등

- 이메일, '고도원의 아침편지'
- 이메일, 'e서울교육소식'
- 인터넷 자료, '좋은 친구가 필요할 때가 있습니다'
- 인터넷 자료, '그냥친구와 진짜친구의 차이'
- 인터넷 자료, '무엇이든 적당한 게 제일입니다'
- 인터넷 자료, '화 안 내는 법 10가지'
- EBS, '지식채널e', '아프리카 기니 사람들이 밤에 공항으로 모이는 이유는'편

특례니들 내가나면 얼굴웃도로 입을까 기대하게
되는것 같아요. 졸업을 받는 응원이 많이 되는데
표현히 얼렵긴 뭔가 아선것들어서.. 앞으로 간단하게
라도 뭔가 쓸게요. 때로 담당 안해주셔도 되는~

지그. 요즘. 수학로 학수학 잔 R2김쌤이라 서형보연 재따리
현재걸은 라쿄 15째수 우학어예요.ㅠㅠ
시험이 2차? 정당하구데.. 요즘축 3월 1일의 느낌이
나는것 같아요..ㅠ 그래도 어쨌든 그건 생각이 계속나면 안되는데
시험이 가까워지면.. 잘모르겠더라.. ~아마 모르긴? 하는생각
이겠죠.?.ㅠ..♡
                        P.S. 어언.. 마지막이라면
근두 운로 임을게 기대할게요.☺   난 뭔가라시고 자꾸하게
                              난 생각해요..☺♡

싸범
감사합니다

To. 동호쌤께 ♥
쌤, 쪽지 너무 감사합니다 ^^
쪽지를 받았다는 자체도도 너무 감♥동되고 힘이 됐어요
쌤. 상담은 언제부터 시작해요?
시험끝나고 절대 안돌릴 줄 알았는지 오늘 너무 공부도
안되고 힘든거 같아요. 어제 보려웠던 드라마를 골로 봤더니
여파도 있는 거 같고.... 걱정되요.ㅠㅠ
그러니깐 되도록이면 빨리 시작해요 ^^
그리고! 라탐 검사 이제 꼬박꼬박 갈게요.
한동안 안간건 시험기간이라서 그랬어요.
회학도 이제 학원(품박방?) 다닐꺼 같아요.
혼자하기 자신감이 떨어져서요. 그래서 윤리 1.이랑 ll
검사만 매일 매일 검사 받으러 갈게요. ^^.
진짜 더 더 더 더 더 열심히 해서 원하는 대학
원하는 과 갈게요 꼭 꼭 꼭 !!!
쌤이 담임이라서 너무 너무 너무 좋아요 정말 !! ♥ 유정
                          From.

어제 쌤이 쓰신 글보고 울컥했었어요ㅠ 저도 힘아버지
생각이 많이 되네요.. 항상 좋은 말씀 해주셔서 감사해요.
요서 많이 지치신 것 같아요 ㅠㅠ 쌤은 대단한 분이세요
고3 담임을 맡으며 같이 지쳐가도 항상 저희 입장에서 생각해
주시잖아요. 저희 입시를 잘 아는 담임보다뒤에서 든든한
버팀목이 되어주는 담임이 더 좋아요. 저희가 힘들면 처음
으로 생각나는 사람이 선생님이고, 저희가 지치면 감시
쉬어가게 하는 그늘이 되어주시니까요 ↖^○^↗ 너무 자책하지
마세요~ 선생님은 충분히 완벽한 쌤이세요! 저희가 피곤해
하고 지쳐하는걸 쌤이 대신해주실 수 없는 것 저희도
잘 알아요. 이건 저희 몫이고 나만 하는게 아니라
다 같이하는거니까... 지금 처럼 지켜봐주세요! 그것 만으로
힘이돼요! 힘내세요 쌤 ♡!

동호야 사랑해

장동호 쌤♡
항상 공부하는데 지켜봐주시고 힘 주시는거
항상 감사하게 생각하고 있어요 선생님이
제 담임선생님이라 정말 좋은 것 같아요 이번
주말에는 공부 열심히 해볼려구요 토요일 8시간
일요일 6시간 약속할게요 만약 제가 약속을 지키지
않는다면 저는 선생님과 약속을 지키지 않는
나쁜 학생입니다 암튼 쌤도 힘내세요 사랑해요♡

선생님~
선생님께서 플래너 검사 해주는 거에
감사드리고 있어요! 특히 플래너 안에
주는 피드백들이 많아이에요! 선체적으로나
심리적으로나 정말 기쁨식(?) 힘들때
있었어요. 하지만 매일 플래너 내면서
아무튼 무슨 내용이 있을까? 기대했던것
같아요. 실제로도 많은 힘을 받고요!
(어느 시기에는 종이 받음으로 공부 안해도
플래너 냈던적도 있어요! 진짜에요!)
여태까지 적힌 종이들 하나도 안버렸어요!

Captain. Oh my Captain! ♪
고3때 어떤 선생님 만날지, 되게 걱정됐었는데, Captain
같은 선생님을 만나 다행이고, 능글지세서 재미있어서 쌤
알아가면 돼서좋았어서 "무진"이라고 하셨는데, "입시는
하지만 천화에게서 공뵤지켜준 누군이 아닐까..?
정말 걱정수 입시멘틀 쌤선생님 지금까지 ~~~ 걱정 ~~~해주던,
청화는 선생님이 아닌가 싶어요 재미갱이이 걱정돼지만,
선생님이 다독려주시고 캠핑터 덕분까지 응원해주니까 ~~~
1순위 문제에서 원가 사지막긴까지에끼까기 디들면 풀린거같아도.~
면에 래도는 반대않은 어쩌면 역지짱이지만, 보셔 흔들~~~세요..♡
제로도감곡힝 이것저것 밖에없지만요. 힘내세요♡

아끼는 풀래너 나이에 끼어뒀어 없지
암으론 하얗했던 선생님의 꽉지
막혀 매일써주는 고마음이 무겁겠다고
생각했지만, 돌아져보면 간지시절
힘이 되었습니다!
그동안 반응도 없는 저희들에게 좋은말
써주셔서 감사했습니다

♥ 최고의 선생님, 장동호쌤 ♥
쌤!! 저 완전 편지보고 폭풍감동받았어요ㅠㅠ
사실, 열심히 공부하는 것도 쌤한테 칭찬받고 싶어서
더하고... 그래요!! ^^
정말 선생님은 제 인생의 최고의 선생님이에요!! ♥
가끔 선생님이 편지 써준거 보면서 힘도 내고,
아! 쌤이 편지써주거 보면, 진짜 막 공부가 하고싶어져요!
진짜 3학년 담임선생님이 장동호쌤이 아니었다면
어땠을까... 싫기도 해요. ㅎㅎ
근데, 이후. 진짜 언쟁거나 쌤이 최고에요!!
진짜 말로 표현할수 없을정도로 쌤이 제일 좋아요!
앞으로 공부 더 열심히 해서,
선생님 기억에 콱! 박히는 자랑스러운 제자,
예림이가 될게요!! 그리고, 스케쥴러 검사하느라 힘드실텐데,
선생님도 힘내세요~ 파이팅입니다!! ^^
♥ 3학년 12반 여신 예림올림 ♥

지금까지
늘 이런 위로와 힘을

memo note
학기초부터
수능이 몇 일 안 남은

서 감사합니다
평소 선생님들과 가깝게 지냈던 적이 없었
주는 글을 써 주셔
던 지냈는데 선생님의 신심어린 정성과 사랑으
평소 선생님들과 가깝게
로 마음의 문이 열리게 되었던 것 같아요 매번 빈기
만 해서 최송했는데
선생님도 힘내시고
행복가득한 하루
모쌨으면 좋겠어요

나는 고3이다

대한민국에서 고3을 가장 멋지게 건너는 법

©장동호 2015

1판 1쇄 2015년 3월 2일
1판 2쇄 2015년 4월 22일

지은이 장동호
펴낸이 강병선
편집인 김성수

기획·책임편집 김성수 디자인 이보람 교정 심지혜
마케팅 방미연 이지현 함유지 홍보 김희숙 김상만 한수진 이천희
제작 강신은 김동욱 임현식

펴낸곳 (주)문학동네
출판등록 1993년 10월 22일 제406-2003-000045호
임프린트 아템포

주소 413-120 경기도 파주시 회동길 210
문의전화 031-955-1930(편집) 031-955-2655(마케팅) 팩스 031-955-8855
전자우편 kss7507@munhak.com

ISBN 978-89-546-3522-6 03810

※ 저자 인세의 일부는 어려운 상황에 있는 청소년을 돕는 데 사용되고 있습니다.

www.munhak.com